JA

ロケットガール4

魔法使いとランデヴー

野尻抱介

早川書房

7371

目次

魔法使いとランデヴー

第一話　ムーンフェイスをぶっとばせ

ACT・1

「ええと、次は手順書ナンバー22025A。プラズマ粒子検知器の掃除」

「掃除？　そんなの中でやれるじゃん」

「EVAするならついでにって」

「あたしらは孫の手かい」

「ほい、それはどこにある？」

「さっきのORUのひとつ手前、筐体《きょうたい》上端より一フィート三・一／四インチ奥に位置する――」

「たくもー、なんで日本のモジュールまでヤード・ポンド法なわけ？　メートル法使わんかい、メートル法！」

吠えたのは森田《もりた》ゆかり。気密ヘルメットがなければ髪をかきむしったところだろう。

「とにかく片付けてしまわないと、もうじきほら……」

手順書の読み上げをしているのは三浦茜《みうらあかね》。ネリス高等女学院在学中は学年一の秀才だった。

「ほい、これかな？」

一セット八千万円の検知器を無造作に引っこ抜いたのはマツリ。日本人とメラネシア人のハーフで、タリホ族の魔法使い見習いでもある。

「こらこらマツリ、外せなんてゆってないぞ」

「あ、いいです。電源切ってますから。検知器の窓を掃除して戻してください」

「ほーい」

そこはJEM——国際宇宙ステーション・日本モジュールの曝露部。宇宙空間に露出したテラスのような場所だった。
みずみずしい肢体を厚さ二ミリのスキンタイト・スーツに包んだ三人娘は、地中海上空四百キロをライフル銃弾の十倍の速度ですっ飛びながら、今日も勤労少女しているのだった。

そんな三人のお楽しみは、まもなくスペースシャトルで到着するスペシャルゲスト。

「でさー、ミムタクのシャトルってV‐BARで来るんだよね？」

V‐BARとはドッキング方式のひとつ。これだとシャトルはいま自分たちがいるJEMのすぐ隣りにドッキングする。スーパースターを出迎えるには絶好のポジションなのだ。

「でも拓哉さん、宇宙酔いでぐったりしてたりしないかしら」

茜が気遣わしげな声で言う。

「ミムタクに限ってそんなことないよ。いつもどおり渋〜くキメてるって。カメラ意識してさ」

「ほい、ミムタクはそんなにタフ？」

「タフってゆーか」

ゆかりは言った。

「スーパースターだもん、カメラの前じゃしゃっきりしてるよ絶対」

シャトルの飛行中も、カメラが三村拓哉を捉え続けていることは間違いなかった。

彼は今や知らぬ人とてない人気アイドルグループSWAPのリーダー。フジミテレビの特別番組『三村拓哉・宇宙からのメッセージ』に出演するため、補給用シャトルに便乗して、まもなくここを訪れるのだ。

人気アイドルなどというものに、ゆかりはなんの幻想も持っていない。なにしろ自分が国際級のアイドルなのだ。外向きの顔と素顔にギャップがあることぐらい承知している。

とはいえ、そこは恋に恋する十六の乙女、相手がミムタクともなれば少しばかりときめいてしまうのも事実であり――

「おっ、来たぞ来たぞ」

「うわあ、大きいなー」

茜も歓声をあげたが、これは宇宙船のこと。

全長四十メートルのスペースシャトルが、機首を上に、背中をこちらに向けた姿勢でアプローチしてくる。

近頃ではNASAのランデヴー／ドッキングもずいぶん手際良くなった。接近・停止を繰り返すことなく、どんどん近づいてくる。

ゆかりはマニピュレーターに片手でつかまり、茜はプラットホームの固定器具に足を差し込んで立ち、マツリは実験装置の筐体にまたがって――つまり三人三様上下左右にまったくこだわらない姿勢でシャトルを出迎えた。

「拓哉さん、見えるかしら？　ミッドデッキだと思うけど」

「フライトデッキに上がってるかもしんないよ。あ、ハロー、スペースバード」

コクピットの男が手を振ったので、ゆかりも手を振った。

「ハロー、ロケットガールズ！」

「ナイス・アプローチング、ミスタ・エイブリー」

「ゆかり、あれがミムタク？」

「あれは機長のエイブリーおじさん」

「そうでなくて、アッパーウインドウだよ」

「……ん？」

フライトデッキの天井部分の窓に、誰かの顔が見えた。

ゼロG下でも変わらない髪、小麦色の肌、射抜くような眼差し。その引き締まった口許から白い歯がこぼれるのが確かに見えた。

「ミ……」

自分でも意外だったが、ゆかりは次の瞬間叫んでしまった。

「きゃーっ、ミムタクー！」

「拓哉さーん！」

「ほーい、ミムタク、ミムタク！」

NASAが莫大な経費をかけて運用している宇宙通信網NASCOMの音声回線は、時ならぬ黄色い声に五分間ほど占領されたのだった。

ACT・2

四時間後。

曝露部での作業を予定通りに終えて、三人はステーションに戻った。

「やあ、お疲れさん。やっぱりSSAさんは早いね、仕事」

日本人の常駐クルー、荒城《あらき》がエアロックの前に出迎えていた。

SSAとはゆかりたちが所属するソロモン宇宙協会のこと。独自の技術で有人宇宙飛行サービスをしていて、料金の安さと仕事の早さが売りだった。

「だけど降りたらお目玉くらうかもよ。さっきのきゃぴきゃぴは」

「せめて英語でやるべきだったかなー。まあいいや、それよりミムタクどこ?」

「アメリカの居住モジュールだと思うけど」

「ありがと」

三人はモジュールの結節部に向かって泳ぎ出した。

ステーション内部は上下を意識してデザインされているが、無重量状態なので床も天井もないに等しい。空気があってGのない空間をふわふわ漂って進むのは気持ちよかった。

国際宇宙ステーションは、なかなかにでかい。円筒形をしたアメリカ、ロシア、日本、ヨーロッパのモジュールが十基以上も連結されていて、うっかりすると迷子になりそうだ。

「なんか古い旅館みたいだよね。本館、新館、別館ってあってさ」

「本館がロシアとアメリカ、新館が日本とヨーロッパ、別館がアメリカ居住モジュール、みたいな？」

「そそ。でもってロシアはロシアで増築しまくってるし。なんかロシアのメカって決まってごちゃごちゃしてくるよね。ええっと……」

ゆかりは交差点でしばし戸惑った。

「こっちね。ノード1を下に折れてノード3の先だから」

「そかそか」

……と、なにやら行く手から緊迫した声が聞こえてくる。

「なんだ？」

「ほい、日本語だね」

三人はアメリカ居住モジュールに入った。

「拓哉さん！　お願いしますよ、出てきてくださいよう！」

ばん！　ばん！　ばん！

「ねえ、拓哉さあん！」

「wait, wait, wait」

三十すぎの男がトイレのドアをばんばん叩き、それをアメリカ人クルーがさえぎろうとしている。

「ちょっと、そんなに叩いたら壊れちゃうよ」

三十男は動きを止めた。

「あ、ゆかりちゃん？　ゆかりちゃんだぁ……」

地獄で仏、という顔になる。

「そうだけど。あんたは」

「俺、カメラマン兼マネージャー兼メイク兼スタイリスト兼ディレクターの賀川《かがわ》っていいます」

「さっきミムタクといっしょに来たんだ」

「ですです」

ステーションに人を送るのは大金がかかるので、今回のTV特番関係者は二人だけ。賀川はその片割れだった。

「で、ミムタクは？　さっそく宇宙酔い？」

ゆかりはトイレのほうを目線で示した。

「それがどうもよくわかんないんすよ……」

「わからないって、どうしてですか？」

茜が訊いた。

「ドッキングするまでは元気だったんですよ。船長さんたちと簡単な歓迎セレモニーやって、それからトイレに入ったきり、出てこないんです」

三人は顔を見合わせた。

「やっぱ宇宙酔いじゃない？　あれって急にくるもんね、嘔吐感」

「でも吐いちゃえばトイレは出るよね」

茜は首を傾《かし》げていたが、

「あっ……」

「どしたの？」

「もしかして……そのぅ……」

茜はみるみるうちに真っ赤になった。

「なんなのさ、茜」

「だから……ここのトイレ、真空吸引するよね。ゼロG用だから」

「あっ！」「ほほー！」

ゆかりとマツリは同時に膝を打った。

「あるかもしんないなー。男だと」

「な、なんなの、ゆかりちゃん？」

「だからぁ、掃除機みたいなものにアレを……言わせないでよ！」

「ほい、ミムタクのは太いね？」

「ちげーよ、んなんじゃねー！」

その声は、トイレの中から。

まぎれもない、三村拓哉の声だった。

「では細い？」

「だからそういうんじゃないんだっ！　いいからほっといてくれ！　そのうち出る」

「そのうちって拓哉さん、オンエアまで四時間しかないんすよ！　リハとかもあるし。とにかく出てきてくださいよ。顔見せてくださいよ」

「回してんのか」

「え？」

「カメラ回してるのかって聞いてんだ！」

「いや、僕はそんな。ああ、ええと……」

賀川はきょろきょろとあたりを見回した。

どのモジュールにもビデオカメラが据え付けてある。三村拓哉はそれを気にしているらしい。

「大丈夫、いまは映像下ろしてないよ」

ゆかりが言った。

「だまって流すなんてことないから。ISSはプライバシーにうるさいんだから」

「ほんとだろうな？」

「嘘ついてどうすんの。だけどこのままトイレにこもってたらインシデント扱いで大騒ぎになるよ。調査委員会が招集されてなにからなにまで調べ上げて電話帳みたいな報告書が公文書館に永久保存されて誰にでも閲覧できちゃうけど、それでもいいの？」

「……」

待つことしばし、ドアのロックがカチリと外れた。

固唾《かたず》を呑んで見守るなか、ドアが開き、うつむいた頭がのぞいた。

トレードマークの長髪。ゼロG対策はしてきたらしく、セットはうまく固定できている。

ゆっくりと、顔がこちらを向いた。

「――――！」

な、なんだこれは⁉

ゆかりはショックを受けた。

「ま……まんまる顔……」

そしてショックのあまり、気配りを忘れた。

「あは、あは、あはははははは‼」

もう止められなかった。ゆかりは空中で体をふたつに折って笑い転げた。

「あはははははははははははは!!」

「ゆっ、ゆかり！　笑っちゃ失礼よ、むっ、ムーンフェイスは誰でも………くっ」

礼儀正しい茜は、素早く顔をそむけた。

しかしその肩の震えは隠しようもなく。

「くくくくく」

やはり体を折り、宙を回転しはじめる。

マツリはといえば、猫のような大きな目を歓喜と好奇心に輝かせて、なんの遠慮もなく相手を見つめている。

「ミムタク、グッドフェイスだね。ほんとにお月様のようだよ」

的確な感想を述べる。

その隣りではアメリカ人クルーが英語で、

「Woow! HA! HA! HA! HA!」

と、これまた無遠慮に笑い転げている。ゼロGで笑うと本当に転がってしまうのだ。

こういう時、タレントをかばうのが賀川の仕事なのだが、

「拓哉さん……ご、ごごご無事でなによりっす……」

それが精一杯だった。

ただひとり、スーパースター三村拓哉は刻々と絶対零度の冷気に包まれてゆく。

ACT・3

ムーンフェイスとは、無重量状態で起きる生理現象のひとつだった。

人体は生まれてこのかた、重力に逆らって体液を頭のほうに押し上げている。無重量状態になってもその動きはすぐには止まらず、結果として上半身に体液が溜まってしまう。

その結果、顔がむくんで「まんまるお月様」になるのだった。三村拓哉はそれが顕著に現れる体質だったらしい。こればかりは宇宙に来てみないとわからないのだから、誰を責めるわけにもいかない。

宇宙酔いとちがって、ムーンフェイスにかかったからといって仕事に差し支えることはない。それが普通の仕事なら。

身を縮め、顔を壁に向けて冷気を放ち続ける三村拓哉を囲んで、四人は対策を練った。

「あの、ゆかりちゃんたちはいつものまんまみたいっすけど、なんで平気なんすか？」

「あたしらは体が慣れてるもん」

「体質にもよるけど、初めて宇宙に来た人でも数日で引きますね」

「そんなにかかるんすかぁ！　あと四時間で本番なんすよ、なんとかなりませんか！」

「そうですね……下半身陰圧装置があれば」

茜が言った。

「なんですかその、インアツって」

「腰から下をタンクみたいなものに入れて、気圧を下げるんです。すると体液が下半身に戻るんですけど」

「ドクター・マコーレイ」

ゆかりは英語でアメリカ人に話しかけた。

「ここに下半身陰圧装置ある？」

「残念だけど積んでないね。昔のロシアモジュールにはあったんだが、かさばるので廃棄したんだ」

「積んでないってさ」

賀川はうなだれた。

「でもさ、その番組って人間が宇宙に出ることを語るわけでしょ？」

ゆかりは言った。

「ムーンフェイスもありのままに見せていいんじゃないかな。人間がゼロGに立ち向かう姿って、結構感動あると思うけどな」

「あ、それもひとつの考え方っすよね……」

「笑ったろうが」

壁際から、ゾンビのような三村拓哉の声。

「思いっきり笑ったろーが。いいかげんなこと言うなよな。なにが感動だよ。二十分くらい笑って笑って笑い転げたろーが！」

「そ、そりはまあ……」

ゆかりは一瞬ひるんだが、持ち前のアッパーな性格ですぐに反撃に出た。

「だけどそっちも男らしくないじゃん。プロだったらムーンフェイスぐらいでメゲてないで、きっちり任務をやりとげなさいよ！」

「ぐらいで、だとお……？」

ばっ。

三村拓哉は音をたてて振り向くと、怒りをあらわにした。

「芸能人は顔が命なんだっ！　顔つくる前は絶対カメラの前に立たないんだよ！　知ってるか、ドッキリカメラだってメイクするんだぞ！　それがプロってもんなんだっ！」

ゆかりはどきりとした。

その声、髪を乱して拳を振りかざすそのポーズは、まぎれもなくミムタクだった。

しかし。

「ぷっ……」

顔だけがアンパンマンなのだ。

「笑うなよ」

「うぷ」

「笑うなって言ってるだろーが！」

悪いとは思うのだが、なにしろ箸が転んでもおかしい年頃だ。

「あはははははは！」

スーパースターはふたたび絶対零度の人になった。

救いの手を差し伸べたのは茜だった。ＳＳＡ三人娘において、茜はミスター・スポック的、もしくは真田工場長的存在である。

「つまり……重力があればムーンフェイスは癒《なお》るんだよね……」

その知的な声に、三村拓哉も振り返る。

「人工的に重力を作ればいい。もちろん引力は作れないけど、アインシュタインのいう等価原理を踏まえるなら、つまり――」

「つまり？」

「体温計」

「体温計？」

ACT・4

茜の言う体温計とはデジタル式ではなく、昔ながらの水銀式だった。

「あれってほら、水銀をもとに戻すとき、ケースにいれて紐を持ってぶんぶん振り回すでしょう？」

「そういや、そんなのもあったかな」

「あれは遠心力で高い重力を作ってるの。あっ、もちろん遠心力なんて力は存在しないんだけど、等価原理を踏まえるならそれは重力と等しいから──」

ゆかりは手でさえぎって、

「つまりなにか、ミムタクに紐つけてぶんぶん振り回すわけ⁇」

茜はこっくりとうなずいた。

三村と賀川は不審げに顔を見合わせる。

「どこで？」

「外で」

「ミムタクにEVAは無理でしょ」

ＥＶＡとは船外活動、すなわち宇宙遊泳のこと。これには高度な訓練が要《い》る。

「でも拓哉さんも、レスキューバッグの訓練は受けましたよね？」

「あの寝袋みたいなやつか？」

「ええ」

「おっと、その手があったか」

ゆかりは膝を打った。

レスキューバッグというのは、ステーションで空気洩れなどの非常事態が起きた時、一時的に退避する袋のこと。ジッパーを閉じれば気密が保たれ、三時間の生命維持ができる。自分では身動きできないが、無線機がついているから救助は呼べる。

三村拓哉をレスキューバッグに入れ、長いロープを頭の側に結ぶ。ロープの反対側にゆかりとマツリがついて、ステーションの外でぐるぐる振り回す。遠心力で体液が下半身に戻れば、ムーンフェイスもオンエア中ぐらいは引っ込むだろう——これが茜のアイデアだった。

「なんか……すごく突飛《とっぴ》みたいっすけど、大丈夫っすか？」

「たしかに前例はないけど」

「いいさ」

拓哉が言った。

「それでこのツラが引っ込むんなら、やったろうじゃんか」

「まじで？」

と、ゆかり。

「大まじ」

と、拓哉。

ふうん。

あたしから見ても、これってかなり危険なＥＶＡだけどな。

わりと度胸あるんだ、とゆかりは思った。

結構。ならばやってやろう。

「よし、そうと決まったらぱっぱと片付けるぞ。まずコマンダーにＥＶＡの許可をとる。

茜と賀川さんはあたしといっしょに来て。賀川さんは五十億円かけた番組がだめになりそうだって懇願すること。ミムタクはレスキューバッグの使い方おさらいして。マツリはミムタクのサポートよろしく」

ACT・5

危険で前例のない行動だったが、意外にもコマンダーはすんなり許可をくれた。ムーンフェイスには個人的に嫌な思い出があるらしく、ミムタクには終始同情的だった。

条件はミムタクの回転面がステーションと交わらないこと。つまり、回転中に万一ロープが切れて振り飛ばされても、ステーションに衝突しないことだった。

ロープの長さと回転速度は茜がその場で計算した。地上と同じ重力を作るには三十メートルのロープでミムタクとこちらを結んで、八秒弱の周期で回せばいい。

エアロックに行ってみると、三村拓哉はマツリの支えるレスキューバッグに体を入れ、ジッパーを閉めたところだった。

レスキューバッグは顔の位置に水中眼鏡のような窓がついている。

「いけそう?」

拓哉は窓ごしにサムアップ・サインを渋くキメてみせた。もちろん顔はまだアンパンマンのまま。彼はときどきそれを忘れる。

コミュニケーション・チェック。

気密チェック。

生命維持システム・チェック。

オールグリーン。

「オッケー。じゃあいくか」

三人娘はバックパックを背負い、ヘルメットをかぶった。こちらも念入りにセルフ・チェックする。

「あの、俺、どこにいりゃいいすか？　拓哉さんを見てたいんすけど」

「賀川さんはＪＥＭに入れてもらえばいいよ。あそこの窓から見えるとこでやるから。無線使えるよね。何かあったら呼んで」

「了解っす」

四人は二手に分かれてエアロックを通った。まずゆかりと茜。次にマツリとレスキューバッグ入りの三村拓哉。

従来の宇宙服だと、ＥＶＡの前に予備呼吸というプロセスがある。何時間もかけて血液中から窒素を追い出すのだが、ＳＳＡのスキンタイト・スーツはそれが要らない。出たい時にすぐ出られる。

「うおー」

四人が外に出ると、レスキューバッグの無線機からそんな声が届いた。

「ドッキングの時はよく見えなかったけど、こうして見るとでかいなー。すっげー」

国際宇宙ステーションは全長八十七メートル、全幅百七メートル、全高四十三メートルという巨大な空間を占める。サイズを稼いでいるのは太陽電池パドルと放熱パネルだが、居住区画だけでもジャンボジェット二機ぶんの空間になる。

ゆかりたちはジェット・ガンを噴かしてステーションの百メートルほど前方に移動した。

「賀川さん、見えてる？」

「あ、はい、よく見えてまっす！」

茜はオブザーバーの役目だった。回転する三人から少し離れて、位置をチェックする。

「ゆかり、もう少し北へ動いて。回転軸を軌道と平行にしたいから」

「了解」

ゆかりとマツリは二人一組でミムタクのカウンター・ウエイトになる。二人は肩を組んだ姿勢で互いをハーネスで結んだ。

ミムタクと自分たちを結んだロープが一杯にのびるまで移動して、

「じゃあ、いくよ。回転開始！」

ゆかりはそう言って、ジェット・ガンを噴射した。マツリもタイミングを合わせる。ミムタクを回り込むように移動すると、すぐに両者はメリーゴーラウンドのように回転しはじめた。

「ゆかり、少しドリフトしてる。正面に地球が見えたら二秒加速して」

茜が的確に管制する。

「了解——こんな感じ？」

「うん、そのまま均等にもうちょい加速」

「ミムタク、気分どう？」

「おー、いいわこれ。下のほうにぐーっと血が下りてく感じ。いい、いい。すごくいい」

マッサージを受けているような口調で言う。

「貧血しそうになったら言ってよ」

「おー、心配ないって。いいわこれ。じんじんくるぜぇ」

「拓哉さん、本番いけそうですかね？」

「おー、楽勝楽勝。賀川もあとでやってみろよ、気持ちいいぜー」

「いやぁ、僕は遠慮しときますけど」

「噴射とめて。いまちょうど八秒周期です。拓哉さんには一Gかかってます。拓哉さん、気分悪くありませんか？」

と、茜。

「いいよ、すごくいい。おー、地球が俺の前通ってくよ。青いよなあほんと」

「太陽まぶしくない？　だったら窓にサンバイザーかけて」

「いい、いい、全然平気。このギラっとくるのがいいんだよぉ」

三村拓哉はすっかり御機嫌で、ゆかりに話しかけた。

「ゆかりちゃんさあ……」

「うん？」

「やっぱ宇宙ってのは一人でぽかっと浮いてるのがいいよな？」

「まあね」

ぽかっとじゃなくて、一Gかかってるでしょうが。

「俺、いまやっとわかった気がするわ。シャトルに乗ってる間、窓から外見たけどさ、バスに乗ってるみたいで、なんだこんなもんかって感じでさ」

ピシリ。

ロープに奇妙なテンションがかかったのはその時だった。

「ん、なんだ？」

「ほい？」

「こうやって一人で飛んでみてさー、俺、なんかつかめちゃったよ」

袋詰めになって振り回されながら、芸能人はそんなことを言う。

「地球に語りかけるって感じ？　わかるなあ。俺いま地球を愛せたって気ぃするもん、まじで。いやほんと大まじ」

プツン。

遠心力がふいに消失した。

「まずい、ロープ切れちった」

「ほい、切れたね」

二人とミムタクを結ぶロープが切れた。

二人は回転運動から等速直線運動に移行したが、すぐにジェット・ガンを噴射して停止した。

しかしミムタクのほうはそれができない。

「茜、ミムタクどっちへ飛んでった？」

「まっすぐ地球のほうへ」

「そっか」

「おい、なんだこれ、急に軽くなったぜ？」

ミムタクも気づいたようだ。

「なんだよ、ステーションがどんどん小さくなってくぜ？　おいっ、どうなってんだよこれ！　回ってないよ、どうなってんのこれ！　おい、おーいっ！」

「拓哉さん、どうしました？　拓哉さーん！」

「あっ、地球が見えた！　なによこれ、落ちてくよ！　俺、地球に向かってどんどん落ちてくよ！　うわあああああああ!!」

「拓哉さん！　拓哉さんを止めないと！　ゆかりちゃん、なんとかしてよ！　ねえ!!」

パニックする二人の男。

ところが三人娘はといえば、まったく動じる様子がない。

「まずったなー。オービターで追う？」

「いまから発進準備しても間に合わないよね。燃料も無駄だし」

「間に合わないって——それじゃ、それじゃ拓哉さんどうなっちゃうんですか⁉　拓哉さん、拓哉さん、応答してください‼」

応答なし。

「あー賀川さん、ミムタクもう交信範囲出ちゃったかも。レスキューバッグの無線機、パワー弱いから」

「そんなあ……」

「ほい、パニクったまま行ってしまったね、ミムタク」

「男だったら乗り切らなきゃ」

「乗り切るって、拓哉さん地球にまっさかさまに落ちていきましたよ‼　どうすんですか、ああっ、もうおしまいだぁ‼」

「落ちないってば」

「え？」

「この軌道からじゃ、地球には落ちないの。ロケットでも使わないかぎり」

「え？　え？」

「茜、説明してやって」

「つまりですね、私たち、すでに秒速七千六百メートルで軌道飛行してるでしょう？　拓哉さんは秒速十メートルちょっとで地球に向かっていきましたけど、それまでの軌道運動に比べれば微々たる変化なんです」

「はあ……」

「拓哉さんは、じきにＩＳＳの前方に出ます」

「はあ……」

「そのあと拓哉さんは上昇に転じます」

「ええと……」

「四十五分後には上昇から下降に転じます」

「……」

「そして九十分後には地球を一周して、結局ステーションのすぐそばに戻ってくるんです」

「それ……ほんと、ですか？」

「ほんとです。宇宙の掟ですから」

「そうそう。だから安心しなって」

ゆかりは言った。

「レスキューバッグの生命維持は三時間だから余裕でしょ。これでムーンフェイスが癒ってりゃ本番もばっちりじゃん」

「はあ……」

賀川はまだ安心できない様子だった。

「でも拓哉さん、絶叫したまま行っちゃったのがどうも……」

ACT・6

『みっなっさーん、フジミテレビの突撃レポーター、桃井敬子《ももいけいこ》でーっす!!　私はいま、筑波宇宙センターのコントロールルームに来ちゃってまーっす!!　さあいよいよ、超大型特別記念番組《三村拓哉・宇宙からのメッセージ》の時間がまもなく、まもなく始まりまーっす!!　さあみなさんごいっしょに、カウントダウンしましょー!　五、四、三、二、一、——宇宙ステーションの三村拓哉さーんっっっ!!』

画面が切り替わると、そこはISS内部。

アイボリーの床と天井。両側は実験機器のラックがびっしり並んでいる。

その中央に三村拓哉が、びしり、と浮かんでいた。全女性を魅了してきた甘いマスクはきりりとひきしまり、口許には白い歯が「きらーん」と輝く。

やるもんだよなあ……。

カメラの死角で、ゆかりはかなり感心していた。回収直後の三村拓哉はさすがに興奮した様子だったが、ムーンフェイスはきれいに癒っていた。

そのあとの拓哉は別人のようだった。自信にあふれ、思慮深く、人間がひとまわり大きくなったようなのだ。

「日本の皆さん、そして世界の皆さん。僕はたったいま、一人で地球を一周してきました……」

印象的な間をおく。芸能人も芸能人なりにプロだよな、とゆかりは思う。

「僕は重力から解放されて、地球にむかって泳いだ。海の青い輝き、雲と大地を七色に染める夕暮れ、ゆらめくオーロラと都市の灯……漁火《いさりび》、そして夜明け……僕はすべてを見たんだ……」

水を打ったような静寂。

賀川は呆然とカメラをまわし続けている。

拓哉は台本を完全に無視していた。

「そして僕は突然、白い光に包まれたんだ……ああ、この法悦をどんな言葉で語れるだろう……僕はそこに見たんだ……神の姿を！」

え？

「ああ神よ！　御言葉《みことば》が僕の心を貫いた！　宇宙神ヨカタン＝サキュイーサが僕に語りかけた！　汚れた地球を捨てて、宇宙と合一せよと！」

え？　え？　ヨカタン？

「来た……来た……見えるかい、いま神が降りてきた……おお、おお、子羊たちよ、まもなく地球は滅ぶ！　選ばれし者、神の子だけが光の船に乗りて生命の樹のもとへ旅立つ……我に従え！　我は神聖なり！　我は絶対なり！　我は全なり！　我は無限なり!!」

両腕を高く差し上げ、ただならぬ光を瞳に宿して三村拓哉は語り続けた。民放のことで、中継が中止される様子もない。

やっぱし——芸能人にいきなりソロで軌道一周はきつかったか。

無理してでも救助を急ぐべきだったか？

ゆかりはしかし、反省しないことにした。

あれは素質だよ。

だいたい男が宇宙に出ると、すぐロマンチックなこと言い出すもんな。

三日後、クルー総出で嫌がる三村拓哉をシャトルに押し込み、まもなく滅ぶという汚れた惑星に連れ戻した。その後の芸能情報によると、大気圏再突入が終わって重力が戻ったとたん、憑き物はきれいに落ちたという。

ゆかりはほっとしたが、まだ解せないニュースがあった。

彼があれから、毎日のように後楽園遊園地のフリーフォールに通っているというのは、いったいどうしたことだろう？

第二話　クリスマス・ミッション

ACT・1

「偽善」

ゆかりは低い声で、誰にともなく言った。

「いっちばん嫌いな言葉だよ」

二週間前から、ゆかりはその言葉を、毎日かかさずくり返してきた。

だが、とうとう崖っぷちまで来てしまった。

ゆかりは打ち上げを目前にしたオービター・マンゴスティンの緩衝座席に横たわっていた。隣にはマツリ、後ろには茜がいた。

無線機から流れる秒読みは、こんな時にかぎって、滞《とどこお》りなく進んでゆく。

『Tマイナス二百二十秒。酸素逃がし弁閉鎖。離昇圧力』

あと三分ちょっとで打ち上げ。

ひとたび上がれば、二十分で北海道に着いてしまう。

「ロックス《LOX》圧力正常」

短く応答してから、ゆかりは話を続けた。

「これが偽善でなくてなんだってのよ。ほんとうにガキどもの力になりたきゃ、この打ち上げ費用二十憶をそっくりくれてやりゃいいのよ。かけそばなら一千万杯ぶんよ」

「でも、どうせ着陸キットのテストはしなきゃならないんだし」

後ろの席から、茜が言った。

「クリスマスの朝に恵まれない子供たちをはげますなんて、私、こんなやりがいのある仕事はないって思うの」

「雪が楽しみだねえ」

陽気な声で言ったのは右隣のマツリ。

「雪だるま〜、雪がっせん〜、かもくら〜」

「かまくら」

ゆかりは言下に訂正した。

「あんたねえ、孤児院慰問して雪遊びしようなんて考えは——」

『Tマイナス十秒』

三人はぴたりと口を閉ざした。

足元の、百六十トンの爆発物に火をつける時だ。

『メインブースター点火――四――三――二――固体ブースター点火、リフトオフ！』

爆音と振動がキャビンを包んだ。

小山のような噴煙を突き破ると、ロケットは進路を北にとり、みるみる速度をあげていった。

刻々と増すGに耐えながら、ゆかりは腹を決めた。ロケット本体の制御に、飛行士は介入できない。もう、北海道まで運ばれるしかないのだ。

○

話は二週間前にさかのぼる。

SSA・ソロモン宇宙協会は、その年最後の有人飛行として、陸上着陸キットのテストを予定していた。

それまでのオービターはすべてパラシュートで洋上に着水するタイプだった。しかし、精度よく着地できるなら陸上に降りたい。そのほうが回収コストがぐんと小さくてすむのだ。そこで釣鐘《つりがね》型のオービターに三本の着陸脚と小型の逆噴射ロケットを取り付けて、固い地面にも軟着陸できる装備が試作されたのだった。

当初はオーストラリアの砂漠が着陸地に選ばれていた。ところが飛行二週間前になって、基地に舞い込んだ一通の手紙がそれを変えた。

手紙にはこうあった。

私は釧路の孤児院、あすなろホームの院長をしている者です。五歳から十歳までの子供たち十四人と暮らしております。

ゆかりさん、マツリさん、茜さんの三人の宇宙飛行士は、子供たちの英雄です。お三方が新聞に載るたびに、私は何度も、それを読んでくれとせがまれます。食堂の壁はその切り抜きでいっぱいです。

それで、ひとつお願いがあるのです。

まことにお忙しいこととは思いますが、こんどのクリスマスに、うちの子供たちにカードを送っていただくわけにはいかないでしょうか。

子供たちは、クリスマスにいつもさびしい思いをしています。宇宙飛行士の方からカードが届けば、どんなにか勇気づけられるだろうと思うのです。

どうぞよろしくお願いします。

これを読んだ所長の那須田《なすだ》は、ひとつのひらめきを得た。

カードじゃない、サンタクロースを送ってはどうだ？　それもロケットで！

クリスマスの朝、宇宙から天使のような三人娘が降りてきて、恵まれない子供たちにプレゼントを配る——

「いいっ！　これはいいっ！」

那須田はそう叫んで、どんどん机を叩いた。

それから、あちこちに電話をかけまくった。

安全面の問題はなかった。周囲に人家はまれだし、適度な積雪もプラス要因だった。

防衛省に打診してみると「ぜひやってくれ。弾道ミサイル監視網の演習になる。必要ならヘリや隊員を貸してもいい」とまで言われた。

雪のため回収費用は割高になるが、PR効果を考えれば安いものだし、自衛隊も協力してくれる。もう、北海道に降りていけない理由はなにもなかった。

この計画に、ゆかりは最初から猛反対した。しかし彼女にとって不幸なことに、今回は茜とマツリが那須田側についた。

茜は恵まれない孤児たちを慰問することに使命感をいだき、陶酔すらしているようだった。マツリのほうは現地の写真を見たとたん、地表を覆う純白の物質に夢中になった。熱帯のジャングルに生まれ育った彼女は、雪にふれたことがなかったのだ。

ゆかりの主張は最後まで変わらなかったが、二人のシップメイトにまで裏切られては、さすがに太刀打ちできなかった。

ACT・2

朝食が終わっても、邦夫《くにお》は食堂に残って、ぼんやりと頬杖をついていた。

頬は汗をかいたあとのように、べたべたしていた。昨夜、七面鳥の蒸し焼きとケーキとポークパイを食べたせいだった。

邦夫はやせていたが、血液中にどっさりたまった脂肪分が浮いて、頬をべたつかせていたのだった。

それが邦夫の気分をますます不快にした。

大事な時なのに、ずっと待っていた時なのに、自分でもどうすることもできなかった。

院長が顔を出した。

「上がったわよ、邦夫」

返事がないので、院長はくり返した。

「予定どおり打ち上がったって。ここまで二十分で来るそうよ」

「……知ってるよ、それくらい」

「お出迎えしないの？　みんな庭に出てるのよ」

「嫌なんだ」

「あんなに好きだったじゃない。これ貼るのだって、いつも邦夫の役だし」

院長は壁の切り抜きを示した。

「テレビが嫌なんだ」

「だけどせっかく――」

「嫌なんだ！」

院長は口をつぐんだ。それから、ため息まじりに「喜んでくれると思ったのに……」とつぶやいて立ち去った。

邦夫はますますやりきれない気分になった。

外の様子は、食堂の窓からもわかった。

テレビ局は昨夜から詰めかけていた。雪の積もった前庭には中継車がずらりと並び、ルーフトップのパラボラアンテナを空に向けている。

重そうな機材をかかえたスタッフがしじゅう歩き回っているので、庭は靴跡だらけだった。その一角に子供たちがかたまって、スタッフの指図を受けていた。

邦夫は唇をかんだ。

なんでみんな、平気なんだ。

お父さんやお母さんに会いたくない？　さびしくない？　学校で嫌な思いしない？——テレビのやつら、猫なで声でそんな質問ばかりするのに。

二言めには「恵まれない子供たち」ってかぶせやがって。あいつらさえ来なきゃ、忘れていられたのに……。

邦夫はマスコミの無神経な取材にさらされて、すっかり不幸のとりこになっていたのだった。

親切を受ければ受けるほど、邦夫は不機嫌になり、逆に相手を傷つけたくなった。

それが自己嫌悪をよび、ますます不機嫌になる——邦夫はそんな、心の泥沼から抜け出せずにいた。

邦夫は南の空を見た。

朝霧はもうほとんど晴れていたが、ヘリコプターが四機旋回しているほかは、何も見えなかった。

しばらくして、どーん、という遠雷のような音が響いた。

「来た」と思った。はじめて聞く音だったが、邦夫にはその正体がわかった。

それは極超音速の宇宙船が大気と衝突して引き起こす、衝撃波音だった。

ACT・3

つかのまの宇宙飛行を終えて、オービター・マンゴスティンは小笠原上空で大気圏に再突入した。

まだ超音速で落下しているうちに半球形の小型パラシュートが開き、さらに減速したところでそれが投棄されて、楕円形のパラフォイルにとってかわった。

陸上に降りるとなれば、風まかせに漂流するのはさけたい。パラフォイルは結索《けっさく》の長さを加減することでグライダーのように操縦することができる。

「わおー、ほんとに真っ白だねえ！」

ペリスコープを覗き込むマツリが歓声をあげた。

それはジャングル育ちの彼女にとって、初めて見る光景だった。

眼下には果てしない雪原がひろがり、蛇行する川と湖沼が、そこだけ黒く切り抜いたようにちらばっていた。

澄んだ空気のむこうには、シーツのしわのような阿寒岳《あかん》と屈斜路湖《くっしゃろ》の銀盤があり、そのはるか先に、知床《しれとこ》半島が矢のように突き出している。

「ほい見て。ケーキみたいだよ、ゆかり！」

「外ばっかり見てないで、茜を起こしてよ」

「ほいほい」

マツリはハーネスをゆるめて後ろに向き直り、「あーかーねー、起きよう、ほれほれ」と、頬をぺんぺん叩いた。

茜は有能な宇宙飛行士だったが、Gに弱いのが玉に瑕《きず》だった。打ち上げと再突入のたびに気絶するので、いつも誰かが起こしてやらねばならない。

「うーん……あ、いけない。もう着いた？」

「まだだよ。現在、高度三千」

ゆかりはペリスコープと計器盤を見比べながら言った。右手はパラフォイルに連動した操縦桿においている。

『回収チーム・地上管制班より宇宙船マンゴスティン。貴船を肉眼で確認。左舷二キロをチェイスプレーンが随伴中です』

「了解、地上管制。コースは合ってる？」

『どんぴしゃです。地上の風向は二六〇、風速三メートル』

「了解」

『ソロモン基地よりマンゴスティン、グライドアプローチ正常。着陸脚展張せよ』

「了解、着陸脚展張」

マツリが計器盤のすみに仮設されたスイッチを押した。背後で駆動音がして、緑のランプが三つとも点灯した。

「マンゴスティンよりソロモン基地。着陸脚1、2、3、ラッチアップ確認。対地レーダー作動中。目標は……あれかな？」

雪原の中に一本の道が走り、その道から少し離れたところでストロボライトが点滅していた。ライトのまわりにはオレンジ色の標識が敷いてある。まちがいない。

「目標をペリスコープで確認」

そこで無線を切り、

「地上風向いくつだっけ？」

「二六〇」

茜が即答した。もう完全に目覚めている。

「てことは〇八〇からアプローチか」

操縦桿をわずかに倒すと、パラフォイルは素直に反応した。シミュレーションと大差ない。

航空機のような万全の誘導装置はないが、降下角とペリスコープの目盛りを照合すれば、到達地点は見当がついた。

「最終進入に入る。高度三〇〇、目標正面」

障害物は見当たらなかった。半キロほど先に落葉した木立があるだけ。道路の反対側、二、三百メートル入ったところに、赤いスレートぶきの屋根が見えた。庭に人影がたくさん。手を振っているのもいる。

あれがあすなろホームか……？

『マンゴスティン、風向風速変化なし。進路ホールド』

「了解」

『ソロモン基地よりマンゴスティン。レトロモーター・セイフティ解除』

「ほい、セイフティ解除」

「高度五〇。目標正面……ちょっちずれたけど、このままいく」

半径百メートル以内に着地すれば成功だ。よくばって精度を上げるより、成功条件を確実に満たそう──ゆかりはそう決めた。給料ぶんの仕事は、きっちりやるぞ。

最後の二メートルを垂直降下し、さくり、と停止する。下方に向いたペリスコープの視野が白一色になった。

「こちらマンゴスティン、いま軟着陸した。着陸姿勢正常。パラシュートハーネス切断、ビーコンアンテナ展開」

『ソロモン基地よりマンゴスティン、着陸を確認した。成功おめでとう』

ソロモン基地は、もう一言つけ足した。

『続く仕事も、よろしく頼む』

高揚したゆかりの気分は、一気に沈静化した。

「……了〜解」


ハーネスを解き、ヘルメットを脱ぐと、茜がふわふわした赤い布のかたまりを渡した。

「はいゆかり。かぶってね」

「やだ」

「ね、子供たちのためだから」

「やなもんはやだ！」

「仕事だと割り切って！」

「こんなの宇宙飛行士の仕事じゃないっ！」

「聞き分けてよ、ゆかり。飛ぶだけが仕事じゃないってことくらい、船長ならわかるでしょう？」

「そりゃ、そうだけど！」

苦悩するゆかりの隣で、同じものをマツリは嬉々としてかぶった。

「ほい、ゆかり、似合う?」

「……」

それはサンタさんの帽子だった。

三人の宇宙飛行士は、サンタクロースの扮装でプレゼントを配るのだ。

涙がちょちょ切れる思いで、ゆかりは言った。

「お似合いよ。あんたには」

「ねえ……ゆかり、最初はヒゲもつける計画だったのよ?」

茜はこんこんと諭《さと》すのだった。

「ゆかりの希望を受けいれて、帽子だけになったんだもの。このうえわがまま言えないでしょう?」

ゆかりは深々とため息をついた。

「……かぶりゃいいんでしょ」

ハッチを開くと、どっと冷気が流れ込んだ。

あおむけの姿勢から、上縁のハンドルをつかんで体を外に押し出す。

ざくり、と膝まで雪に沈んだ。スキンタイト宇宙服の生地《きじ》ごしに、ひんやりした雪の感触が届く。

マツリは飛び降りるなり、雪に体をうずめて手足をふりまわした。

「わおー、ゆかり、茜、すごいすごい！」

「ええい、やめーい!!」

茜はいちど外に出てから、機内に上半身を入れて、プレゼントの入った白い袋を取り出した。

三人はそれぞれひとつ、袋を肩にしょった。

そばに人はいなかった。有毒な残留燃料のガスにふれる恐れがあるので、着陸直後のオービターに近寄るのは禁じられている。

しかし、遠くで拍手と歓声がわいていた。

あの赤い屋根の家だった。

やはりあそこが、あすなろホームらしい。

「ほらほら、ゆかりも手振って」

茜がうながす。

三人は声のするほうに手を振った。

歓声がひときわ高まった。

ゆかりは真っ先に手をおろし、

「行こう。さっさと終わらせてやる」

そう言って、雪の中をずんずん歩きはじめた。後ろから茜が言った。

「スマイルだからね、ゆかり。スマイル」

これがお手本よ、といわんばかりに、茜は微笑んでみせた。それから、

「マツリ、道草しないで」

足もとの雪をすくっては撒き散らすマツリを、茜は制した。

いつもは控え目でおとなしい茜が、今回は人が変わったようだった。

どいつもこいつも——ゆかりは苦々しく思った——サンタさんがお似合いだ。

ACT・4

庭に入ると、三人はたちまち子供たちにとりかこまれた。

子供たちの反応は、さまざまだった。

歓声をあげてとびついてくる子もいれば、もじもじしている子もいる。黙ってサイン帳を差し出す子もいた。

だが、こちらを見上げる瞳は、どれも澄んでいた。つぶらで、曇りのない、まっすぐな

瞳だった。

「その服、寒くない？」

男の子が聞いた。

「平気だよ、いまのとこ」

ゆかりが答えると、男の子はパッと仲間のほうをふり向いて、「平気だって！」「いまのとこ平気だって言ったよ！」「おれが寒くないかって聞いたら平気だって！」と、有頂天でふれてまわった。

ゆかりは、いくぶん気をよくした。

偽善にみちた任務だが、子供たちに限って、嘘はないようだ。

院長は小太りな中年の婦人だった。

「まさかほんとに来てくださるなんて。もう夢みたいですよ」

「私たちも、まさかこんな任務をやるとは思いませんでしたけど」

ゆかりは苦笑しながら、そう答えた。

「子供たちのあんなうれしそうな顔、はじめて見ましたよ。ああ、まだ一人だけ、出てこない子がいるんですけど」

「あの二人が、うまくやるんじゃないかな？」

ゆかりは茜とマツリを示した。

茜は子供たちに身をかがめて、あれこれ話しかけていた。お名前は？　いくつ？　好きなものはなに？——年下の兄弟がいるせいだろうか、子供の扱いは慣れたものだった。

マツリはといえば、まず自分が雪で遊びはじめたので、たちまち子供たちの指導を受けることになった。最初の課題は雪ダルマらしい。よかれあしかれ、子供たちと同レベルで遊んでいる。

「ほらマツリ、雪の上に袋ほうり出しちゃだめだってば」

「サラサラだよゆかり。ほれ。ほれほれ」

「こらこらっ、溶けたら濡れるんだから」

「気持ちいいよ、ゆかり。ほれほれ」

「やめーい！」

「じゃあみなさん、中に入りましょう！」

ひとしきり遊んだところで、院長が手を叩いて号令した。

一行は教室のような部屋に通された。

四つのテーブルはたたんで隅に立てかけてあり、人数分の椅子だけが並んでいた。壁には子供たちの描いた絵が飾ってある。遊具の箱にはそりやスケートが投げ込んであった。部屋の後ろにはビデオカメラやブームマイクを構えた報道陣がかたまっている。

「みんな集まったかしら？」

「邦夫君がまだです」

「連れてきてちょうだい」

院長がそう言ったとき、後ろの扉が開いて、少年が一人入ってきた。少年は黙って、空いた椅子にかけた。

院長はうなずき、「今日は宇宙飛行士の方が、はるばる南半球のソロモン諸島から来てくださいました。これはとても素晴らしい出会いです。みなさんはどうかこの出会いを大切にしてください」

打ち合わせでは、ここでプレゼントを配ることになっている。ゆかりは一歩前に出て、

「それじゃ、プレゼントを配ります。人数分あるからね」と言った。

茜のあきれ顔が目に入った。

仕出し弁当じゃあるまいし、もう少し表現ってものがあるでしょうに、と言いたげだった。

三人は子供たちの間をめぐって、プレゼントを配った。

それは一個ずつ紙袋に入れて、リボンのついたピンでとめてあった。中にはクリスマスカードとSSAのピンバッジ、そして小さな宇宙飛行士のぬいぐるみが入っていた。ぬいぐるみは裁縫の得意な茜が作ったもので、ゆかり・マツリ・茜の三タイプがあった。

しかし――

子供たちが封をあけ、いっせいに席を立って見せっこしはじめた途端、ゆかりは後悔した。人のことは言えないが――こんなものを贈ったらどうなるかぐらい、誰も考えなかったのか？

というのも、子供にも好みというものがあり、それはまったくあけすけに語られたからだった。

「あっ、俺のマツリだ」

「わあ、わたし茜さんよ！」

「げっ、ゆかりだぁ……」

「しぶいんじゃねーの」

「じゃあとっかえようぜ」

「やだよ」

マツリを除く二人は、ひきつった笑みを顔を貼りつけて、時がすぎるのを待った。

広報部のリサーチでは、年少者間ではゆかりの人気が高いとされていた。ゆかりは最初の飛行士であり、ＳＳＡの看板だった。野球でいえばエースで四番にあたる。

だが、さきほどの対面からの短時間のうちに、評価は変わったらしい。つまるところ、無愛想では子供に好かれないのだ。

「あ、あらあら」

院長が汗をうかべながら、ゆかりに言った。

「こ、子供たち、ほんとにうれしそうだわ……」

「明暗が分かれたように見えますけど」

「そそ、そんなことは――ほほほほ」

院長は笑ってごまかした。

笑ってごまかせない事態になったのは、そのあとだった。

ACT・5

その時まで、三人の慰問はなごやかに進行していた。茜は歌をうたい、マツリはタリホ族の踊りを披露した。敬遠されがちなゆかりにも、宇宙の話を聞きにくる子はたえずいた。

そんな中で、あの遅れて入ってきた少年だけは、ふさいでいた。プレゼントを開けようともせず、歌にも加わらない。

院長も、まわりの子供たちも、彼にかまおうとしなかった。ゆかりは「地元勢がかまわないなら、自分も右へならえだ」と決め込んでいた。機嫌の悪いのが一人や二人いてもおかしくなかろう。

しかし茜は気になるらしく、しきりに様子をうかがっていた。それから、ついに決心したのか、少年の前に行った。

「ええと、邦夫君だったかな。こちらへ来て、いっしょに歌わない？」

邦夫はうつむいたまま、首を横にふった。

茜はほほえみを絶やさなかった。

「あのぬいぐるみ、私が縫ったんだけど、男の子にはうれしくなかったかな？」

「……」

「だめね、私ったら。贈り物するのに、自分が喜ぶものを選ぶくせがあって」

「……」

「邦夫くんには何がよかったかな？　かわりのもの、後で送ってあげようか？」

茜は辛抱強く話しかけたが、邦夫は答えなかった。

その時、そばにいた女の子が言った。

「邦夫ね、ゆかりのファンなんだよ。いつも言ってるもん。自分もゆかりみたいな――」

「るせえ！」

邦夫は真っ赤になって立ち上がり、その子を突き飛ばそうとした。女の子はきわどくかわした。

「邦夫、やめなさい！」

院長が叱ると、女の子は勢いづいて言った。

「なによっ、プレゼントだって、すっごく欲しがってたくせに！」

「うるせえ！　こんなものいらねえや！」

邦夫は包みを床に叩きつけた。

大きな音がして、リボンがちぎれた。

茜は蒼白な顔で、床の包みを見つめていた。

それを、ゆかりが拾い上げた。

ゆかりはつかつかと邦夫の前に行って、包みを突き出した。

「受け取んなさいよ」

「な……なんだよ」

「これは茜が、寝る時間削って、あんたみたいな子を元気づけようとして作ったんだ。床に棄てていいもんじゃないんだ」

「ゆっ、ゆかり、いいの。それはいいの！」

茜は狼狽《ろうばい》して、邦夫とゆかりの間に割って入った。

「ね、何がいいかな。邦夫君の欲しいもの教えてちょうだい。ね？」

邦夫は燃える目で、茜をにらんだ。

「プレゼントなんかいらねえや！」

邦夫は怒鳴った。

「親父とおふくろよこせ！」

「――！」

絶句する茜に、邦夫はたたみかけた。

「どうなんだよっ！　可哀想って思うなら、連れてこいよ！」

部屋は静まり返った。

最初に動いたのは、ゆかりだった。

立ちすくむ茜を押しのけ、ゆかりは邦夫を正面に見据えた。

直後、その右手が一閃した。

パパーン!!

びっくりするような音が出た。

完全無欠の往復ビンタだった。

片道でも充分な威力だったが、次の動作にそなえる関係で、ゆかりは往復を好む。

「甘ったれんじゃないよ、少年！」

怒りに震える邦夫に、ゆかりは頭ごなしに怒鳴った。

「親のいないのを切り札にすりゃ、こっちが言いなりになるとでも思ってんの？　いないものはいないんだ、誰にもどうにもできないんだよ!」

邦夫は目を真円に開き、口をぱくぱくさせた。

「な……んなこと、言っていいのかよ」

「言えるわよ。ためになることだからよーく聞きなさい。自分の不幸が売り物になるのは子供のうちだけなんだ。あんたが大人になったら、自分で生きてくしかないんだ。親がいようがいまいが関係ないんだ」

邦夫はうつむいて、小刻みに震えていた。

茜はおろおろとゆかりにすがった。

「おねがい、ゆかり、もうやめて!」

「茜は黙ってな」

ゆかりは邦夫に向き直った。

「これからあんたが考えなきゃいけないのは、何になるかってことなんだ。どんな仕事につくか。あこがれるだけじゃだめ。妥協するのも早い。望む仕事につくためには何が必要か、よーく考えて実現してくんだ。

仕事についたからって、まだゴールじゃない。ここは俺にまかせろって言えるだけの腕を磨くんだ。親なんてどうせ先に死ぬんだ。いい人生を送れるかどうかは、結局仕事で決まるんだよ」

一息に言って、ゆかりは相手の出方を待った。

たっぷり三十秒ほど、邦夫は凍結していた。

それから、ふいに顔をあげた。

「お、おれ――」

両目の涙をふり払うように、邦夫は叫んだ。

「おれ、宇宙飛行士になりたいんだ！　ゆかりみたいな宇宙船の船長になりたいんだ！」

邦夫はゆかりの胸に顔をうずめた。

「よおし……よしよし。悪くない選択だよ」

ゆかりは邦夫の背中をとんとん叩きながら言った。

「あんたが甘ったれない限り、あたしも手を貸すよ。操縦マニュアルでも送ろうか？」

ゆかりは驚いた。その言葉を聞くなり、邦夫がバネのように立ち直ったからだ。

「じゃあ、それもいいけど――」

「それもいいけど？」

ACT・6

十分後、ゆかりと茜は、雪原に鎮座したオービターの外に立っていた。子供たちと回収チーム、それに予定外の行動に色めきたつTVスタッフが周囲を取り囲んでいた。

茜がささやいた。

「でもゆかり、これって規則違反じゃ――」

「しょうがないでしょ。勢いでいいって言っちゃったんだもん」

「ゆかり、次は？」

半開きにしたハッチの中から、邦夫がうながした。邦夫は得意満面で船長席に身を沈めていた。隣席にはマツリが入って、副操縦士を担当している。

「通話音量プラス2。無線機のボリュームを二目盛り上げるの」

「無線機ってどれ？」

「ほい、これこれ」

マツリが教えた。

「これか！　ゆかり、それから？」

「APUスタート。返事は『作動音確認』」

「作動音確認！」

「よし、もう十秒前だぞ。十―九―八―七――メインブースター点火――四―三―二――

固体ブースター点火、リフトオーフ！」

「音は」

「ごごごごご……」

「揺れないの？」

「揺れるわよ、そりゃあもう」

ゆかりは両手で外板のハンドルをつかんで、力任せにゆすった。

「この程度？」

「もっと！　ほら、茜も手伝って！」

「はいはい」

茜は苦笑した。

「結構お人好しなんだから……」

「なんか言った？」

「ううん」

「仕事なんだ。これも宇宙飛行士の仕事なんだ。いいから揺すれ！」

もちろん、志願者が邦夫ひとりですむわけはなかった。

赤い帽子をかぶった飛行士たちは、その日いっぱい、汗だくになってオービターを揺すったのだった。

第三話　対決！　聖戦士VS女子高生

ACT・1

「だからぁ、微妙にタレ目なほうが籠尾《かごお》で、微妙に眉の濃いのが辻井《つじい》なんだってば」

森田ゆかりはチームのリーダーで、私語の最中もリーダーシップを発揮し続ける。

「でも辻井は先月抜けたでしょう？」

「うそ、そんなの聞いてない」

「ゆかりが言っているのは佐藤だと思う。ちょっと南方系の顔立ちの子でしょう？」

「なんで茜が詳しいのさ」

「紅白にゲスト出演する話があったでしょう。そのとき調べたの」

三浦茜は高校を退学するまで学年トップの優等生だった。多くの優等生がそうであるように、心優しく礼儀正しく、そしてなんでも知っている。

話題は変遷の激しいアイドルグループ「ハプニング娘。」のメンバー識別方法だった。

「ほい、ときどき歌詞を間違えるほうが辻井だね」

ゆかりはぎょっとしたようにもう一人の娘、同い年の異母妹、マツリを見た。

「なんでわかる？」

「辻井だけ口の動きがちがうのだよ、ゆかり」

「おまえも詳しいな」

「紅白歌合戦のビデオで見たんだよ、ゆかり」

マツリはソロモン諸島のジャングルで生まれ、最近まで先住民族タリホ族のシャーマンの卵として暮らしていた。混血のせいか三人中最もグラマーだ。シャーマンは部族社会における裁判官みたいなものだから、まだ十六歳のくせに妙に人間通なところがある。


眼下を中央アジアの山々が流れてゆく。弧を描いてチベット高原をとりかこむ天山山脈とヒマラヤ。霊山としてあがめられる山塊も、この高度ではしわくちゃにした薄紫の紙のように見える。

三人がいるのは高度四百キロの軌道を周回する、国際宇宙ステーション《ＩＳＳ》の外。

ＩＳＳの形はとてもシンプルだ。全長百二十メートルのセントラル・トラスという背骨に、あらゆるモジュールがとりつけてある。

トラスの両端に合計十二基の太陽電池パドルが直角にのびていて、全体はH型に見える。

人間が居住するモジュールはビール缶のような形をしていて、トラスの中央にごちゃごちゃと連結されている。


三人はいまセントラル・トラスの末端に向かっているところ。

セントラル・トラスの側面にはレールがあって、その上を大きなロボットアームが台座ごと移動できる。モバイル《M》・サービス《S》・ユニット《S》という、港にある荷役用クレーンみたいなものだ。


三人はMSSにつかまって移動していた。

真空の宇宙空間だからもちろん宇宙服を着ているが、それはNASAが使っているような着膨れするものではない。三人が着ているのはソロモン《S》宇宙《S》協会《A》の誇る先進テクノロジー、厚さ二ミリのスキンタイト宇宙服――早い話が全身タイツみたいなものだ。

スキンタイト宇宙服は真空中で温度と圧力を保ち、汗だけを透過する魔法の生地《きじ》で作られている。それは皮膚に密着することによって機能するので、その下には下着もつけていない。このセクシーな宇宙服のせいもあって、小柄ながらも良好なプロポーションを持つ三人娘は、ハプニング娘など及びもつかない国際的アイドルの地位にある。

見かけだけでなく、彼女たちは世界中の宇宙計画で引っ張りだこだった。NASAやロシアの飛行士たちよりはるかに機敏で、狭いところに入って行け、あっというまに仕事を片づけてしまう。

少女であることは、ゼロG環境ではハンデにならない。世界中の選《え》りすぐりの宇宙飛行士たちと互角以上にやりあえる。

ゆかりはこの仕事のそういうところが気に入っていた。

「ははーん、ここかー」

今回のトラブルは、太陽電池パドルの交換作業中に起きた。

一週間前、新しいパドルは折り畳んだ状態で貨物ロケットで届けられた。ステーションの乗組員は船内からMSSを操って交換作業をしていた。

ところが操作を誤って、新しい太陽電池をトラスの途中に引っかけてしまった。ロボットアームでは外せないし、乗組員は原則として船外活動をしない。それでゆかりたちが緊急出動することになった。

ゆかりは太陽電池パドルの根元と、それが食い込んだトラス材の様子を眺めた。

「ふーん。ここそこがつっかえてるんだな。よし、マツリはそっちの端押さえてて。茜はパドルのアクチュエータ部をサポート」

「ほい」「はい」

ゆかりはパドルの中央にロープを結びつけ、トラスにまたがって体を固定し、両腕で太陽電池パドルを保持した。

「いくよ」

トラスを結合するジョイントのリリースボタンを押し込む。トラスの一本が抜けると、太陽電池パドルは拘束が解けて、ゆらりと動いた。

「よし、はずれた」

『助かったよ。あとはこっちでなんとかする』

ステーション・コマンダーのカプラン氏が無線で言った。ロボットアームのカメラで見守っていたのだろう。

『できるかい？』

「いいよ、このまま取り付けもサービスしちゃうから」

「カプランさん、仕事忙しいんでしょ？　こっちでやったほうが早いし」

『そうかあ、じゃあ甘えちゃおうかなあ』

「まかしといて」

ゆかりはほかの二人に指示した。

「マツリと茜は端っこまで行って、茜だけ体を固定して」

「それを投げるの?」

「そおっとやるから平気だって」

太陽電池パドルは折り畳まれていても十二メートルの長さがあり、質量は一トンになる。無重量状態でも慣性はそのまま存在するから、下手に動かすと止められなくなる。

経験豊富なゆかりは心得ていた。

宇宙空間で重いものを扱うときは、はじめに運動エネルギーをため込まないことだ。スリーポイント・シュートをほうりこむ気持ちで、

「せーの、ほいっ……」

八メートルほどの距離をたっぷり二分ほどかけて、太陽電池パドルは飛んだ。

マツリと茜がそれを受け止めると同時に、ゆかりもロープを引いて速度を殺す。

二人はパドルを巧みに誘導して、人間の胴体ほどもあるシャフトをトラス末端のジョイントに差し込んだ。固定ラッチが噛み合って、両者はしっかりと連結された。

ロープをほどくと、ゆかりはインカムでカプラン氏に連絡した。

「こちらゆかり。太陽電池パドルの固定完了。展開してみて」

『もう終わったのかい? まったく君たちには驚かされるなあ! じゃあ展開させるよ』

三人は少し離れて見守った。

青い地球をバックに、テニスコートほどのひろがりが繰り出されてゆく。屏風《びょうぶ》のように

畳まれた太陽電池がほどけて、三十メートルも伸びてぴんと張りつめるところは、ちょっと魔法だった。

「水中花みたい……」

茜がうっとりと言った。

「ほい、水中花ってなに？」

マツリが訊く。

「水にひたすと、ふわっとふくらむ花よ」

「ワカメみたいに？」

「そう、ワカメみたいに」

『展開は完璧だよ。MSSに乗ってくれ』

カプラン氏が言った。

三人がロボットアームの根元につかまると、MSSは居住モジュールに向かって滑るように動き始めた。トロッコに乗っている気分だった。

ACT・2

ISSはこの半年あまりですっかり様変わりしていた。

ここは本来、科学実験をするところだったのだが、所期の成果が出せずにいた。ちょっとした実験にも巨額の費用がかかるので、成果が約束されなければ予算が出ない。準備に何年もの期間がかかるので、実施した頃には旬をすぎている。これでは本来の意味での実験ができない。

その実態が判明すると、ISSは関係各国から愛想を尽かされてしまった。そこでISSは転身を迫られた。ISSは関係国が出資する一企業として民営化されることになり、みずからを存続させるために、みずからで稼ぐことになったのだ。

ISSは、研究モジュールを人工衛星の組立工場に模様替えした。プレハブ化した人工衛星のパーツを運び込み、ここで組み立て、最終調整して、無人タグボートで目標軌道に送り出す。ISSと異なる軌道に投入するには、衛星をまとめて高度十万キロ付近まで運んでから順次投げ落とす方法がとられた。この高度まで遠ざかれば軌道面の変更に必要なエネルギーが激減するからだ。

これまでの人工衛星は地上で組み立てるから、打ち上げ中の激しい振動や音響に耐える強度が必要だった。地上で宇宙環境を模した試験をするのにも巨大な施設と莫大な費用がかかった。衛星の組み立てを宇宙でやれば、そうしたコストが不要になる。プレハブ化した衛星の部品は、まとめて何十機ぶんも運べる。

人工衛星は劇的に安く、小型軽量に作れるようになった。何百億もかかっていたものが数億ですむようになり、その差額がＩＳＳの収入になった。

この転身によってＩＳＳは生き延びた。

七人の従業員が常駐して、人工衛星の基板やセンサーをバスボードに差し込んだり、電線を結んだり、外の宇宙環境にさらして動作テストをしていたりする。まるでＡＴコンパチのパソコンを組み立てる町工場のようだった。

そこで働く人たちにも、いわゆる宇宙飛行士らしさがない。もっぱら長期の缶詰生活に不平をもらさず淡々と作業を続けられる才能によって選ばれている。

だからＩＳＳ自身の大がかりな改築やメンテナンスは〝プロ〟の宇宙飛行士が出張しておこなう。ＳＳＡのロケットガール三人娘もときどき出向いていって、ちょっとした土木作業をするのだった。

今回は到着してそのまま船外作業に入ったから、まだステーションに入っていない。

三人はいったん自分たちの船に戻って、コンテナボックスを抱えてエアロックに入った。

内側のドアを開けると、どっと歓声があがった。

エアロックの先の円筒空間、ノード3モジュールに七人の乗組員が勢揃いしていて、中には手作りの日の丸の小旗を振っているのもいる。

「やあ、いらっしゃい。助かったよ、ほんとに」

つなぎの作業服を着たカプラン氏が挨拶する。銀縁眼鏡をかけて、貧相でひょろりとした、いかにも技術者風のおじさんだ。

「おやすい御用でーす。でもって恒例のフルーツ持ってきたからね」

ゆかりは気密コンテナの蓋を開いてみせた。

また歓声があがった。

バナナ、パパイヤ、マンゴー、パイナップル、それにココナッツミルクやジュースのボトル。缶ビールも下の方に隠してある。

甘い香りがひろがり、それまでたちこめていたプラスチックと絶縁材と汗の臭気を吹き払った。

いかに忍耐力のある彼らでも、新鮮な食べものには飢えている。ソロモン宇宙基地は南緯八度の熱帯にあるから、ISSを訪問するときはトロピカルフルーツを差し入れるのが常だった。民営化でNASA式のややこしい食品検査が廃止されたから、打ち上げの朝に市場で仕入れたフルーツが運ばれるのだった。

細いの、太いの、白いの、黒いの、黄色いの。

さまざまな容姿の作業員たちがフルーツにかぶりつく様子を見て、ゆかりは目を細めた。

ゆかりはいまのISSが好きだった。

ひと頃より、ずっと人間の居場所らしくなった気がする。宇宙空間に浮かんだちっぽけな泡のような空間だが、いつも人がいて、みずから稼いで自立している。

やっぱり人間も施設も、自分のことは自分で決めなきゃだめだよな、とゆかりは思う。自分も茜もマツリも、親元を離れてソロモン基地で暮らしている。すったもんだの末に高校をやめてきたから、学歴は中卒のままだ。

ひょんなことから宇宙飛行士になり、人類の最前線で働いている。ときどき故郷の横浜が恋しくなるが、いまの暮らしに不満はない。誰かが押しつけた道じゃないから、いつも気を張っていられる。

飢えを満たしたあと、作業員たちは歌やジャグリング芸を披露し始めた。

ロシア女性のジェンヤがふわふわ漂ってきて、英語で言った。

「あなたたち、いつまでいるの？　明日は神舟《しんしゅう》十号が来るのよ」

「うん、聞いてる。でも今回は半日コースなんだ」

「そう。残念ねえ」

「神舟ってことは、こんどは中華の差し入れ？」

「そう、そうなのよう！」

ジェンヤは顔を真っ赤にして笑った。

神舟は中国が新開発した有人宇宙船だ。ロシアのソユーズ宇宙船をお手本にしているが、ひとまわり大きくて進歩した設計になっている。

神舟十号はドッキングの実績をつけるために、初めてISSを訪問する。ゆくゆくはステーションの人員交代を請け負うつもりらしい。

ACT・3

十時間後。

ゆかりたちが帰還準備をしていると、カプラン氏がやってきた。

「ちょっとお知恵を拝借したいんだけど——あれはどういうことかなあ？」

「ん？」

「神舟十号なんだが、打ち上げ以来連絡を絶ってるんだ」

「えっ!? 墜ちたの？」

「いや、NORADが軌道追跡してるんだが、飛行は正常だ。ただ、何度呼んでも応答がない」

「無線機が故障したのかな？　CNSAはなんて言ってるの？」

CNSAは中国のNASAみたいな組織だ。

「彼らも無線機の故障を疑ってる。これでドッキングがうまくやれるかねえ？」

「どうだろ。神舟って自動ドッキングシステムがあるんでしょ？」

「ああ。それがだめでも手動操縦でやれるはずだが、そうなると音声で通信したいところだね」

宇宙ステーションにとって、ドッキングは危険な作業だ。たとえ低速でも八トンの神舟に体当たりされてはかなわない。

「わかった。ドッキングはあたしたちでサポートするよ。神舟がランデヴーに入ったら、こっちで横付けして、誘導してみる」

「頼めるかい？」

「まかして。首に縄つけてでも引っぱってくるから」

ゆかりは発令所の無線機を借りて、ソロモン宇宙基地と相談した。帰還を十二時間延期して、回収船の位置を変更させる。

二時間後、神舟がISS近傍に現れた。

肉眼では光点にしか見えないが、望遠鏡でその形がわかった。串だんごのような胴体から四枚の太陽電池パドルを張り出している。

「変だわ。ドッキングレーダーを展開してない」

茜が双眼鏡をかまえたまま言った。

がある。

「見てわかるもんなの?」

「小型のパラボラアンテナを張り出すはずだから」

優等生はなんでも知っている。

神舟十号はしだいに接近してきた。しかし動きは上下左右に振れていて、ずいぶん無駄がある。

ついに一キロメートルまで接近したとき、神舟は頭部をぴたりとこちらに向けた。円柱形の胴体の背後で白い燃焼ガスがコロナのように広がる。

「なに、軌道変更エンジンを噴射した⁉」

微調整に使うバーニアエンジンではない、ずっと大出力の噴射だ。この距離で使うエンジンではない。

神舟はかなりの速度でこちらに向かってきた。

が、徐々に進路をそらし、ISSの百メートルほど上を通過した。

「おいおい、ずいぶん乱暴な操縦だなあ」

カプラン氏が言う。

「てゆーか、まるで素人だよ」

ずいぶん推進剤を無駄にしている。無線機だけでなく、操縦系統も故障しているのだろうか。

ＩＳＳへのドッキングはＶ－ＶＡＲ、Ｒ－ＶＡＲなどの決まったパターンがあるが、神舟の挙動はどれにもあてはまらない。なんだか直感に頼って操縦しているような感じだ。

しかし宇宙船の軌道運動は直感に反している。軌道後方からＩＳＳに向かって加速すれば、速度が上がったぶん船は上にそれる。上昇すると速度が落ちるから、いったん追い越した神舟はやがてＩＳＳに追い越される。

「まさかなあ……」

「まさかって？」

茜がこちらを向いた。

「いや、なんとなく」

もし彼らが直感で操縦しているとしたら。

最後の噴射は、まるでこちらに体当たりしようとしていたみたいなんだが……。

それから二時間ほど、神舟はＩＳＳのまわりを行ったり来たりしていた。

ＣＮＳＡの管制センターに問い合わせてみると、彼らも途方に暮れていた。無駄な噴射をやりすぎて、そろそろ燃料切れになるだろうという。

「やっぱりあたしらの出番か」

ゆかりは言った。

「カプランさん、うちの船で神舟を曳航《えいこう》するとなると、あとで燃料補給しなきゃいけないかもしれないけど、それはいい？」

「ああ。もちろん提供させてもらうよ」

ＩＳＳはいまや人工衛星のガソリンスタンドも兼ねているから、スタンダードな燃料はひととおり補給できる。

「よおし、出かけるよ、茜、マツリ」

「ほい」「はい」

三人はエアロック・モジュールに移動して、ヘルメットとバックパックを装着した。

自分たちの船はすぐ外に係留してある。

ＳＳＡのオービター『マンゴスティン』は円錐形をしていて、最大直径二メートル。軽自動車くらいの小型宇宙船だ。

船にエアロックはなく、天窓部分のハッチをウイングドアのように開いて出入りする。

左の船長席にゆかり、右にマツリが着席し、後部中央に茜が起立姿勢で搭乗する。極限まで軽量化するため、小柄な三人でも体を触れ合わずにはいられないほど船内は狭い。

ゆかりは動力系統のスイッチを次々に入れた。

各部ウォームアップ開始。

セルフチェック開始。通信リンク接続。

「こちらＳＳＡマンゴスティン、交信チェック」

『ＩＳＳよりマンゴスティン、音声明瞭』

発令所からカプラン氏が応答する。

ゆかりは船内の二人に言った。

「キャビンエア、真空のままでいくよ。どうせすぐに出入りするから」

「了解」「ほい」

船内環境とハッチ閉鎖のアラームを解除。

全システム・グリーン。

マツリがロボットアーム《RMA》の操縦桿に手をかけ、調子を見る。

「ＲＭＡ、いいね」

「了解。ドッキング、リリース」

「ほい」

ＩＳＳの保持ハンドルからアームを離す。

「マンゴスティン発進」

ゆかりは操縦桿を小刻みに倒してバーニアエンジンを噴射させた。窓の外をＩＳＳのセントラル・トラスが流れてゆく。

「ＩＳＳクリア。ローテーション、右へ百四十度」

ペリスコープで神舟十号を追尾していた茜が指示した。

「動いてる？　あっちは」

「ううん。相対速度四メートルで漂流中」

「やっぱり燃料切れかな」

船体が回転して、神舟が視野に入った。

「自転はしてないな。ええっと、上に一発でいいかな？　茜、誘導して」

「うん、トランスレーションで上にひとつ」

ぷしゅっ。コントロールバルブが作動して、バーニア噴射が一閃する。

「ローテーション、右三十度」

ぷしゅっ。ぷしゅっ。

「トランスレーション、左にひとつ」

ぷしゅっ。

茜は軌道ナビゲーションの天才だ。マンゴスティンは燃料を一滴も無駄にせずに神舟との距離をつめてゆく。

神舟の小さな丸窓に、人影が見えた。

「ほーい！」

マツリが無造作にハッチを開いて上半身を乗り出し、手を振った。大きな胸がふるふる揺れる。

「ほーい、ほーい！」

窓の人影が、あわただしく入れ替わった。よく見えないが、驚いているような感じだ。

ゆかりは国際緊急波で呼びかけた。

「SSAマンゴスティンより神舟十号、ニーハオ。聞こえたら手を振って」

反応がない。

「受信もできないんだ。いいや、問答無用で曳航しよう」

ゆかりはマンゴスティンを神舟の船首にまわした。マツリがRMAで相手をつかむ。

操船を茜にまかせ、マツリと二人で船外に出てロープで両者を結びつける。

神舟の乗組員は目をまんまるにして窓にはりついていた。

ゆかりはOKのサインをしてみせながら、かすかな違和感を覚えていた。影になってよく見えないが、中国人にしては顔の彫りが深い感じだ。表情に感謝や安堵もうかがえない。

まあ広い国だからいろいろあるんだろうな、とゆかりは一人合点《がてん》した。

「連結完了。茜、曳航はじめて」

「了解」

軌道変更エンジン噴射。

一体となったマンゴスティンと神舟は、じりじりと動き始めた。もっと盛大に噴かしたいが、止めるときにも同じだけ燃料を使うから、浪費はできない。ISSへ戻るまえにガス欠をおこしたら、こっちまで宇宙の迷子になってしまう。

三十分ほどかけてISSのドッキングポートの前に曳航し、両船の結合を解く。三人はリスのように働き回って、神舟の頭部にロープをかけて曳《ひ》き、人力でドッキングを完了させた。

「さーて、どんなへっぽこが操縦してたのか、ご対面といこーか」

「ほい、いい男だといいねえ」

「筋肉バカだよ絶対」

三人はエアロックに入った。

「でもゆかり、笑ったりしちゃかわいそうよ」

茜が言った。

「あの人たちドッキングは初めてなんだし、きっとすごく落ち込んでると思う」

「でもガス欠になるまで行ったり来たりってのはどーよ？」

「ゆかりだって最初は緊張したでしょう？」

「昔のことは忘れたな」

ヘルメットとバックパックを脱いでロッカーにしまい、ノード3に入る。ここはドッキングポートにも直結している。

カプラン氏が先に来ていて、ハッチの開閉ハンドルをまわしていた。

ハッチが開いた。

黄褐色の船内宇宙服を着た男が三人、トンネルを通って入ってきた。

カプラン氏は両手をひろげ、

「ニーハオ！　国際宇宙ステーションへよ……」

そこで絶句した。

三人の男が、そろって大口径の拳銃をこちらに向けたからだった。

ACT・4

男たちは、どう見ても中国人ではなかった。モンゴル系でもない。シルクロードをもっと西の方に行った顔立ちだ。

そろって彫りが深く、浅黒く、黒い顎鬚《あごひげ》を生やしている。

最初に現れたのは、リーダー格らしい。鉈《なた》で刻んだような険しい顔立ちで、ちょっとクリント・イーストウッドに似ている。

その後ろから、若い二人が左右に進み出る。ゼロGに慣れていないらしく、もたもたと手すりを探っている。しかし右手は拳銃を離そうとしない。

「全員をここに集めろ」

リーダー格が訛《なま》りのある英語で言った。

「ええと、待ってください。いきなり命令されても——せめて自己紹介くらいしていただいたほうが、何かと円滑でしょう。あなたがた、ＣＮＳＡの宇宙飛行士ですよね？」

カプラン氏が尋ねた。

「我々はベラモークの聖戦士だ」

「べ……ベラモークの聖戦士？　どこの国からおみえになったんです？」

「サゴヤスタン」

「サゴヤスタン？」

「あの、確かインドと中国の国境あたりにそんな勢力があったような」

茜がささやいた。

「正式な国家じゃなくて、単なる〝勢力〟だと思うんですけど」

「はあ。私はステーション・コマンダーのカプランと申します。失礼ですがお名前は？」

「ジムシャ」

「そちらのお二方は？　お名前を」

「アミルソ」

「ラカイム」

二人はジムシャよりひとまわり若く、まだ十代のあどけなさが残っている。二人ともひどく興奮した様子でこちらを見ている。

「その、サゴヤスタンのベラモークの聖戦士であるみなさんが、なぜ、どうやってここに」

「これ以上話すことは――」

対話を打ち切ろうとするジムシャの脇から、ラカイムが突然かん高い声で叫んだ。

「僕らは打ち上げ前、中国の飛行士とすり替わったんだ！　飛行士はバスに乗ってロケットへ行く。途中でバスを止め入れ替わる」

そんな馬鹿な、とゆかりは思ったが、すぐに考え直した。

中国のロケット発射施設がどんなものか知らないが、管理棟と発射台は何キロも離れているのが普通だ。死角になる場所で警備車輛もろともすり替われば、可能かもしれない。

宇宙服を着てしまえば顔は見えにくくなる。警備に隙があればそんなことが可能なのかもしれない。神舟に搭乗してしまえば、交信内容は決まり切ったものだし、音声もさほどクリアではないからごまかせるのかもしれない。そして打ち上げ後は無線機を止めてしまえばいい。

ISSの近くまではコンピューターが神舟を運んでくれる。だが、最後のところで人間の操作が必要になったにちがいない。まんまとすりかわったからには中国の宇宙飛行のプロセスをかなり研究したのだろうが、シミュレーターで操縦訓練したとも思えない。

「それで、あなたがここに来た目的は？」

「このISSを破壊するに決まってる！」

「どうしてまた、そんな」

「これ以上話すことは――」

対話を打ち切ろうとするジムシャの脇から、こんどはアミルソがかん高い声で叫んだ。

「邪悪なアメリカのシンボルを壊すんだっ！」

「よーするにテロリストじゃん」

ゆかりが言った。

「ちがう！　僕らはベラモークの聖戦士だ！」

「宣戦布告もせずに物を壊すやつをテロリストっていうんだよ」

「聖戦士の戦いは神の意志だ！」

「ゆかり、ゆかり」

マツリが腕を引いた。

「ゆかりはあまり話さないほうがいいね」

カプラン氏が対話を再開した。

「ですが、アミルソさん、ISSをアメリカ主導で建造したのは過去のことで、いまは民営化してISSコーポレーションが経営してるんですよ」

「ヨーロッパ、日本、みんなサゴヤスタンを食い物にしたアメリカの仲間だ！　ISSは天上にのさばる思い上がりのシンボル！　破壊しなければならない！」

「もしかしてドッキングじゃなくて体当たりしようとしてたの？」

ゆかりがまた口を出す。

「そうだ。神舟をぶつける。ベラモークの聖戦士は死を恐れない！」

「最低。自爆テロじゃん」

「これは勇敢なる聖戦士の戦いだ！」

「どうせ死ぬまで家族の面倒をみるとか言われたんでしょ！　船長として部下の命あずかってきたあたしに言わせてもらえば、そういうのって勇気じゃないんだよ、単に人生設計が未熟なだけで――」

「ゆかり、ゆかり」

マツリがまた腕を引いた。

「ゆかりはもう話さないほうがいいね」

「けどあたしこの手のバカには我慢できないし！」

「聖戦士はとても怒っていて、もうすぐ魂をなくすと思うね」

アミルソを見ると、確かにそうだった。

「女、女、生意気な女！　恥を知らない裸みたいな女が僕に口答えするっ！」

こちらに向けた拳銃が殺気を放っている。

「あ、たんま、たんま」

ゆかりは両手をあげて身を引いた。

いまのセクハラ発言を小一時間ほど問いつめたくもあるが、捨て身のテロリストに銃を向けられるのはさすがに怖い。

「話はこれまでだ」

ジムシャが低い声で言った。

「従え」

空気がキンと張りつめた。

この男には、有無を言わせぬ迫力があった。

カプラン氏はためらいがちに、インカムで全モジュールに放送した。

「あー、コマンダーより全従業員へ。ちょっと困ったことになった。さきほどドッキングした神舟十号から三人のテロ……もとい、聖戦士が乗り込んできた。リーダーの男はこちらに銃を突きつけて全員をノード3に集めろと言ってる。これは命令じゃないんだが、とにかく彼の言った通りに伝えておくよ」

これはうまいぞ、とゆかりは思った。

従業員たちが馬鹿正直に集まってくるとは思えない。物陰に潜んだり、武器になるものを隠し持ってくるんじゃないか？　いや、みんな優秀な技術者なんだからもっとスマートにやるだろう。離れたモジュールからここを監視カメラで窺って、それから——この区画の二酸化炭素分圧を上げて犯人を眠らせるとか？

ゆかりはちょっとわくわくしながら、事態の推移を見守った。

ところが。

「忙しいのに何事ですか、カプランさん」

「中華の差し入れってことですかね？」

「ずいぶんかかったわねえ、ドッキング」

ひとり、ふたり、さんにん……

「なんの趣向かなっと」

「なーんだ、女の子じゃないんだ」

「すいません遅くなりましたぁ！」

従業員たちは手ぶらでぞろぞろ集まってきて、口々にそんなことを言った。

よにん、ごにん、ろくにん。

ゆかりは唖然とした。

全員集まっちゃったじゃないか！

「ちょっと！　なんで集まってくんのよ！」

「だって呼ばれたし」

「呼ばれたしって」

ゆかりは拳を握りしめた。

これが従順さによって選りすぐられた人材なのか。

だめだ、ここはプロの宇宙飛行士であるあたしがしっかりしなきゃ！

聖戦士たちはさっきから壁の案内図を指さしながらなにやら議論していたが、考えがまとまったようだ。

「そこの七人はここへ行け」

ここというのはアメリカ居住モジュールだ。

ＩＳＳの居住モジュールの多くは出入り口がひとつしかない。その袋小路に人を押し込んで気密隔壁を閉じれば、簡単に軟禁できる。

アミルソが銃をつきつけると、七人の技師たちはすごすごと従った。

ゆかりは唇を嚙んだ。素直だ。素直すぎる。

八人が出ていくと、ジムシャはこちらをにらんで言った。

「女三人はここへ行け」

コロンバス・モジュール。元ヨーロッパの研究施設で、これも袋小路だ。

「みんなといっしょがいいな」

「だめだ」

仕方がない。ゆかりは茜とマツリを目でうながして、言いつけに従った。

こんどはジムシャとラカイムがついてくる。

こちらを特別に警戒しているらしい。

コロンバス・モジュールに入る。

両側に実験機器ラックの並んだ、短い廊下のような空間だ。いまは倉庫がわりになっているらしく、ネットに包んだガラクタ類があちこちに結わえつけてある。

「手を後ろにまわせ」

「軟禁するだけでいいじゃん」

「お前たちは危険だ。僕たちの船を拿捕《だほ》した」

「燃料切れで漂流してたんじゃん……」

日本語でつぶやく。

ジムシャが見張るなか、ラカイムは三人の手足を縛りにかかった。

ラカイムは童顔で、ターバンを巻いたらインドの王子様みたいな感じだろうな、とゆかりは思った。

ラカイムは三人を縛り終えると、さらに一人ずつ機器ラックの把手《とって》に結びつけた。ミノムシが三つぶらさがっているような感じだ。

二人の聖戦士はモジュールを出て、外から気密隔壁を閉めにかかった。

「ちょっと、食事は運んでくれるんでしょうね！　トイレはどうすんの！　せめてインカムで話せるようにしてよ！」

「心配ない。そうなる前にみんな終わる」

ラカイムが答えた。

「終わるって、どうやってこのでかいＩＳＳを壊すつもりなのさ！　神舟は燃料切れでしょ？」

「それは、これから——」

ラカイムは何か言いかけたが、ジムシャが地の言葉でさえぎった。

それから隔壁がぴったりと閉じた。

ACT・5

三人の聖戦士は再びノード3に集結した。

「偉大なる戦士ジムシャ、これからどうしますか」

アミルソが尋ねた。

「ここは思ったより大きい。ウズヤーダの大伽藍《だいがらん》ほどもある。うまく壊さないと、壊しきる前にこちらが死ぬ」

「偉大なる戦士ジムシャ、僕たちは宇宙服を着て拳銃で壁に穴をあけてまわったらどうでしょう」

「それではすぐに修理されてしまうだろう」

「ああ、それは考えていませんでした」

「偉大なる戦士ジムシャ、火事を起こしてはどうでしょうか」

ラカイムが提案する。ジムシャは首を振った。

「それではうまく燃え広がらないだろう。空気が抜け始めたら、そこで火は消える」

「思慮が足りませんでした、偉大なる戦士ジムシャ」

そのとき、あたりを見回していたアミルソが言った。

「ああ、偉大な戦士ジムシャ、ここに斧があります！　これで壊せばいいのではありませんか？」

「見せてみろ」

ジムシャは斧をあらためた。ジュラルミンの長い柄のついた、非常用の斧だった。

「これなら太い部材も切り離せそうだ」

「しかし偉大な戦士、これでＩＳＳをすべて壊すのは大変ではありませんか」

ラカイムが言った。

「ほかに手があるか」

「爆弾のようなものはないでしょうか」

「爆弾はないだろう」

ジムシャは即答したが、少し考えて付け加えた。

「だが代わりに使えるものがあるかもしれない。よし、お前たちは爆弾に使えそうなものを探してみよ」

「はい！　全身全霊を傾けて探索にあたります！」

二人は声をそろえた。

ACT・6

コロンバス・モジュール。

「さて、どーするよ？」

と、ゆかり。

「ISSをどうやって壊すつもりかしら」

茜が言った。

「簡単だよ。太陽電池の接続を切ればいいんだ」

電力が止まれば生命維持はもちろん、通信も姿勢制御もできなくなる。温度制御もできないから凍結や沸騰で配管が壊れる。

「でもあの人たち、神舟で体当たりしてばらばらに壊すつもりだったんでしょう？」

「だから？」

「ISSのモジュール配置も知らなかったし。だから、もっとその、野蛮な発想で壊そうとするんじゃないかしら」

「野蛮な発想ってえと……」

ちら。

ゆかりと茜は、なんとなくマツリを見た。

「ほい、なぜこっちを見る？」

「ワイルドライフの専門家に意見を聞きたい」

「壊すなら斧だね」

「うわ、フィジカル〜」

体当たりがだめなら斧。やりそうな感じだ。

ＩＳＳのモジュールはほとんどが軽金属で作られているから、斧を打ち込めば破壊できる。実際、非常事態に備えてここにも斧が常備してある。

聖戦士たちが宇宙服を着て壊してまわれば、体力しだいではＩＳＳを全壊させることも不可能ではないだろう。

このモジュールにはバックパックもヘルメットもない。エアが抜けたらアウトだ。

「まずこの縄をなんとかしなきゃ――いてて」

手首のロープはがっちり縛ってあって、ゆるみそうにない。

「映画みたいにはいかないなあ」

「ゆかり、無理しなくていいね。なんとかなるよ」

マツリが言った。

「なにかアテでもあるっての？」

「ほい」

「ほいって？」

と、その時。

気密隔壁の開閉ハンドルが回り始めた。

ACT・7

入ってきたのはラカイムだった。

ラカイムは宙を泳いでゆかりの前を通り、茜の前を通り、マツリの前で止まった。

両手でマツリの肩をつかみ、性急な口振りで言った。

「あなた、名前、なんていいますか？」

「マツリだよ」

「マツリ。いい名前だ。僕といっしょに逃げよう、マツリ！」

「ほい、それはいい考えだね」

ラカイムは目を輝かせ、マツリを縛っていたロープを解き始めた。

人生を左右する重大決定が約十二秒で発案・了承されたことに、ゆかりは啞然とした。

「ちょっと何それ、どういうことよ？」

「僕、窓の外にマツリさんをひとめ見たときから好きになりました。こんなむちむち可愛い人、見たことないです。僕の人生、変わりました」

「聖戦士はやめたと？」

「聖戦士も愛を知るですし」

「知るですしって……マツリ、あんたこの子に催眠術でもかけたの？」

「必要なかったよゆかり。最初から目をラブラブにしていたね」

「つまりその、マツリは」

茜がたずねた。

「ずっと惚れたような目で見られていたの？」

「そうだよ、茜」

「そう……」

茜はなぜか赤面して口をつぐんだ。

「どした、茜？」

「ううん、なんでもない」

束縛を解かれたマツリは宙に舞い、「ほー！」と言いながら大きく伸びをした。

その小柄ながらもグラマラスな肢体を、ラカイムはうっとりと眺める。

「ああマツリ、マツリ、むちむちの可愛いひと。まるで夢のようです」

「ちょっと。あたしらはこのままかい」

「僕、すべての愛をマツリさんに注ぐです。さあマツリさん、行きましょう。あなたの船でどこかの無人島に降りて、愛の巣をつくるですよ」

「自爆テロにやってきて一目惚れなんて、こいつ女に免疫ないの？」

　ゆかりは茜に言った。

「そういえばサゴヤスタンの宗教はすごく禁欲的で、女は十歳になるとサリーみたいな服とベールで体や顔を隠さないと外に出られないとか」

「やっぱりか。ちょっとマツリ、あんたからうまく言って、こっちのロープもほどかせてよ！」

「ほい、ラカイム」

　マツリは英語で言った。

「ゆかりと茜も自由にしてあげよう。愛はたくさんあるといいね」

　そういうもってきかたをするな、とゆかりが言いかけると、

「僕、この人は嫌いです」

　ラカイムはゆかりを指してきっぱり言った。

「態度が不遜で乱暴です」

「自爆テロリストに言われたくないわっ！」

「ほら、ほら、ほら、これですよ」

「ほいラカイム、自由にしてあげないと、ゆかりはよけい暴れるよ」

「自由にしてこそ暴れるのではないですか？」

「体を縛られていても、ゆかりは口で暴れるね。口の暴力は心の暴力だよ。ナイフや鉄砲

ないらしい。

より怖いものだよ」

「おお、それはいけない」

ラカイムはゆかりのロープをほどきにかかった。さるぐつわをかませようという発想は

ないらしい。

マツリも茜のロープをほどき始める。

自由になるやいなや、ゆかりは身をひるがえしてラカイムの懐に飛び込んだ。

「よしとりあえず一発なぐらせろ！」

「ほら、ほら、ほら！」

きわどいところでマツリが後ろから押さえ込む。

「ゆかり、ゆかり、ここはこらえよう」

がるるる！

「我慢すればいいことがある」

がるる……るる……

茜が横から尋ねた。

「それでラカイムさん、ジムシャさんは何をしようとしているの？」

「ジムシャ、ＩＳＳを壊します」

「どうやって？」

「ジムシャはどうするか考えています」

「爆弾とかは持ってないの？」

「爆弾、ありません。僕たちは中国の宇宙飛行士にすりかわったので、あるのは拳銃だけ。神舟でぶつけることだけ考えていたです」

「そう……」

　茜は少し考えた。

「神舟は燃料切れだから、使える宇宙船はマンゴスティンとＣＲＶしかないけど」

　ＣＲＶはクルー・リターン・ビークル、乗員帰還船のことだ。緊急時の救命ボートとして常時連結してある。

「僕たち、ほかの船の操縦は知りません」

「神舟については知ってるみたいに聞こえるじゃん」

　ゆかりが口を出す。

「僕、そんな言い方する女性、嫌いです！」

「なによこの自爆テロリストがっ！」

「ゆかり、ゆかり」

「と・に・か・くっ！」

　茜が軌道修正する。

「ラカイムさん、あなたはISSを守るのに協力してくれるんですよね？」

「僕はマツリといっしょに逃げたい」

「ISSはどうなってもいいんですか？」

「ISSは、壊したいです」

「どうして」

「ISSはアメリカのシンボル。アメリカは僕の国からすべてを奪った。サゴヤスタンの資源を目当てにして、反政府組織を支援して政権を倒したら手に負えなくなってロシアが出てきて泥沼になって空爆して地雷まいた。いまでも毎日地雷で大勢脚をなくしたり死んだりしてる。アメリカ、なんでも持っているのになぜ僕の国、食い物にしますか？　アメリカ許せない。絶対許せない」

「うーん、でもね……」

茜はマツリに応援を求めた。

「あなたから説得できない？」

「ほい。ラカイムは戦う相手を間違えているよ」

「そ、そうでしょうか」

「ISSはもうアメリカのシンボルじゃないね。ここはみんなの長屋だよ」

「みんなの長屋……」

マツリの言う長屋とは、インドネシアに多い高床式のロングハウスのことだ。そこでは数家族が同居してひとつの共同体をつくる。

「ほい。ＩＳＳは宇宙に来たみんなの家だよ。マツリの家でもあるし、いまはラカイムの家でもあるね。だから大切にしなくてはいけないのだよ」

説得なんて無理よ。

ゆかりは思った。

マツリに一目惚れしたとはいえ、はるばる宇宙までやってきた自爆テロリストの信念など、そうそう改心させられるわけがない。

と思いきや、聖戦士の顔はたちまち悔悛《かいしゅん》の念に染まった。

「ああ、なんということだ、僕はみんなの家を壊そうとしていたのか！　僕は間違っていた！」

「そうだよ。だからジムシャを止めなければならないね」

「おおおう……それは大変だあ！」

その時、気密隔壁がまた開き始めた。

一同は身を固くした。

ジムシャか？

どう言い訳する？　ロープを結び直していたとでも言うのか？

入ってきたのはアミルソだった。

この男もラカイムと同じくらい若い。

アミルソは娘たちが自由の身でいることに疑問を示さなかった。宙を泳ぎ、ゆかり、マツリ、ラカイムの前を素通りして、茜の前で止まった。

「ああ、茜さん、茜さん」

「は、はいっ！」

茜の声は裏返っていた。

「ステーションの人にあなたの名前聞いたのです。僕、あなたをひとめ見て好きになりました。僕といっしょに逃げてください、茜さん」

「ああ、やっぱり……」

茜は真っ赤になって顔をそむけた。

「そういうの、困ります……」

「大丈夫、誰もいない南の島に降りて子供をたくさんつくって暮らしましょう」

「急にそんなこと言われても」

「僕はきっと茜さんをしあわせにします。してみせます。大丈夫」

「あの、そういうことを言う前にもっとお互いに知り合うのが普通じゃ」

「僕たちもう知り合った。大丈夫、大丈夫」

「うわーん」

「やっぱりって何なのさ、茜」

ゆかりが割り込むと、茜は蚊の鳴くような声で言った。

「ノード3で会ったとき、ずっと私を見つめていたんです。だから、もしかしてって」

「ほお……」

ゆかりは名状しがたい不快感を覚えた。

禁欲生活を送ってきたウブなサゴヤスタンの若者が、こぞって世界のアイドル、ロケットガールズに一目惚れしたというわけだ。

あたしを除いて。

「あのね、アミルソさん」

茜はどうにか冷静さを取り戻して、話を誘導にかかった。

「ラカイムさんはマツリが好きになって、あなたと同じような申し出をしたんですけど」

「おお、戦士ラカイム、そうなのか！」

「そうだ、僕はいま初めて愛に目覚めたんだ！」

「わかるぞ戦士！　僕も茜の次にマツリがいいと思った」

「僕もマツリの次に茜がいいと思ったぞ、戦士アミルソ！」

二人は抱き合って意気投合した。

「それで、話を続けますけど」

茜が辛抱強く言う。

「ジムシャさんがこのＩＳＳを壊すのを止めないと、私たちにはどんな未来もないんです。わかりますか？」

「おお、ジムシャ……」

「偉大なる戦士ジムシャはとても強い。最後までやり通す人だ」

「偉大なジムシャは決してくじけない」

「家族を人質にとられても使命をはたす」

「虎の肉体と鷹の心臓を持つ漢《おとこ》です」

「そして蛇のように聡明です」

二人の聖戦士は口々にジムシャを讃えた。

がたん！

ゆかりは機器ラックを蹴とばして出入り口に向かった。

「ゆかり、どこへ行くの」

「雑魚《ざこ》二名は萌えキャラ二名にまかした！」

振り向いたゆかりの顔を見て、茜はすくみあがった。それは、どちらかといえば笑っているように見えた。

「偉大なる戦士ジムシャとやらはあたしが落とす！」

ゆかりは半開きの隔壁からするりと出ていった。

「落とすって……」

ACT・8

勢いで飛び出してきたが、ゆかりにこれという算段はなかった。

ノード3に向かう途中、ゼロG洗面台を目にとめて、ゆかりは急停止した。

呼吸をととのえ、じっと鏡を見る。

髪をふたつにまとめた、ふくれっ面の、気の強そうな娘がこちらを見返していた。

「……いますこし愛嬌がなくちゃだめかな？」

無理に微笑んでみる。変な顔になった。

それでも目はぱっちりと大きく二重瞼《ふたえまぶた》、眉も鼻も口も案配よく配置され、アイドル雑誌のグラビアから飛び出してきたような美少女ではある。と思う。

胸は――マツリには負けるとしても――超女子高生級と言われるし、ウエストも痛々しいほど細くくびれ、最小質量にして最大級のカーブを描いている。

「少なくとも茜に負けるとは思えんのだがな」

胸元の気密ファスナーを少し引き下げてみる。

スキンタイト宇宙服の生地がすっと左右に収縮して、胸の谷間が露《あらわ》になった。

「おー、いい女じゃん！」

ボンドガールか何かみたいだ。ゼロG下の胸はまっすぐ前方に張り出し、地上に較べて四割増しの存在感になる。

これでいくか、とゆかりが誤った戦術に傾きかけたとき――

裸の胸にひんやりした風を感じた。

なんだ？

鼓膜に気圧差を感じた。

どこかで風の音がする。

「エア漏れ？　もう始めた!?」

指を唾で濡らして風向きを確かめる。

ゆかりは耳抜きをすると、風下に向かって大急ぎで移動し始めた。左右の手すりを素早くたぐって、通路をジグザグに進む。

台風の目は、第二衛星組立モジュールだった。

固定されていなかったマニュアルや工具、サーマルブランケットが壁の一箇所に吸い付いている。壁自体も大きく陥没して、細い裂け目ができていた。

だが、ジムシャの姿はない。

かわりに壁の向こう側から鈍い音が響いてきた。

外。あいつ、船外宇宙服が使えるのか。

ゆかりは大急ぎでモジュールの両端にある気密隔壁を閉じた。

それからノード3のエアロックに向かう。

ロッカーからバックパックとヘルメットを取り出し、装着する。

セルフチェック。

空気残量、一時間四十分。

電源、正常。

通信リンク、正常。

気密——エラー。スーツ装用不良。

「おっと！」

ゆかりは胸のファスナーをぐいと引き上げた。

あたしとしたことが、何を考えてたんだ。

色仕掛けで落とそうだなんて。

あたりを見回すと、ISSが常備しているハードシェル宇宙服が一セット消えていた。あれを着ているとなると、素手では勝てない。動きは鈍いが、全身が堅い殻に覆われた、文字通り甲冑《かっちゅう》のような宇宙服だ。

ゆかりはロッカーをあさって武器を探した。非常用のツールキットの中からサバイバル・ナイフが出てきた。ランボーが使っていたようなやつだ。

ナイフを装備ベルトにとりつけて、ゆかりは船外に出た。

大西洋が細い弧になって遠ざかってゆく。

ISSは地球の影に入ったところだった。

日照はないが、月光でものの形はわかる。直径四メートルの円筒形のモジュールが上下左右に連なり、その向こうにセントラル・トラスと太陽電池、屏風折りになった放熱パネルが見える。

モジュールの外側についているハンドレールをたどって、ゆかりは第二衛星組立モジュールに向かった。

モジュールを一周するが、人影はなかった。

どこだ。ジムシャはどこへ行った。

通信機のスイッチを入れてみると、かすかな息づかいが聞こえた。送信スイッチを入れっぱなしにしているらしい。どこかにいるはずだが、無線機は場所までは教えてくれない。

しだいに目が暗順応してくる。

遠くでうごめくものが見えた。

一体のハードシェル宇宙服が、セントラル・トラスの上にとりついていた。どうやら足を固定しようとして手間取っているらしい。

あいつ、ＩＳＳの背骨をへし折るつもりか！

そうなったら致命傷だ。しかもあそこで折れたら、張り出した放熱パネルがＣＲＶに衝突する。ＣＲＶが壊れたらみんなを脱出させられない。

ゆかりは相手の死角を選びながら近づいていった。真空中だから音は伝わらない。トラスを通して直接伝わる音はあるが、あの分厚い宇宙服から耳まで響くことはないだろう。

ゆかりはジムシャの背後に忍び寄った。

距離、二メートル。つまさきをハンドレールに差し込み、体を踏ん張る。

装備ベルトからナイフを引き抜く。

殺さずにやれるだろうか？

ゆかりは自問した。

ハードシェル宇宙服は気密が破れた場合の安全機構を持っている。自動的に内貼りの膜が収縮して人体を締めつけ、減圧から守るのだ。しかしスキンタイト宇宙服と違って一方的に締めつけるだけなので、四肢が動かせなくなる。

想定どおりに安全機構が働けば、ジムシャを生かしたまま拘束できるだろう。

だけど、そうならなかったら?

リスクは覚悟の上だ。あたしはプロの宇宙飛行士として、みんなを守らなきゃいけない。

ゆかりは脳裏で手順をおさらいした。

肩の関節部分に蛇腹状の気密シールが見える。あそこを破れば、安全機構が作動するはず。

まず左手で相手のバックパックをつかむ。それからナイフを右肩へ。

ゆかりがとびかかろうとした、そのとき。

周囲で光が爆発した。

光は赤からオレンジ、そしてまばゆい白となってあたりを照らし出した。

しまった、夜明けだ! この時期、ISSの夜は三十分も続かない。

ゆかりの細い影が、ジムシャの前方に落ちた。

ジムシャはとっさに全身をまわすようにして振り返った。ゆかりを見て、斧を構え直す。

ゆかりもナイフを手に、身を低く構えた。

背景は一直線に伸びるセントラル・トラス。その下を夜明けの地球が流れてゆく。

まるで鉄橋上の決闘だな、と頭の片隅で思う。

「おまえか。どうやって抜け出した」

ジムシャが言った。

「ラカイムとアミルソはこっちに寝返ったよ。マツリと茜に一目惚れして」

「そんなことかと思った」

「そっちに勝ち目はないよ。降参すれば命は助ける」

「笑わせるな」

「悪いけど、その宇宙服じゃ身軽に動けないから、勝ち目はないと思うな」

「そうは思わん」

ジムシャは斧をバットのように構えたかと思うと、一気にスイングした。

ジムシャはつま先を固定していたが、四肢と斧の柄の長さをフルに使った。予想外のリーチになった。

斧は正確にゆかりのナイフを打った。ナイフはめまぐるしく回転しながら虚空に消えた。

周囲に赤い粒子が散らばる。

フリーズドライされた血液。

《スーツ装用不良。スーツ装用不良。ただちに船内に戻り、右手部分をチェックしてください》

合成音声の警告がヘルメット内に響く。

右手に痛みと冷気を感じた。手首の外側が切れている。ゆかりは左手でその上をきつく握った。スキンタイト宇宙服のいいところは、破れても他の部分が減圧しないことだ。だが両手がふさがっていては移動もおぼつかない。

敗色濃厚。

だけど、負けるわけにはいかない。

ゆかりは萎《な》えかけた右手で、腰のポーチからプライヤーを取り出した。ないよりはましだ。相手の懐にとびこめば、関節部分を破れるかもしれない。

ゆかりは屈み込んだ姿勢から、一気にダッシュした。

ジムシャが斧を構え直す前に、胸元に潜り込む。だが、今度もジムシャの動きは速かった。斧の柄が腹部を突き上げた。体がくの字に折れ曲がり、プライヤーを放してしまう。

ジムシャはゆかりをボロ布のように投げた。数メートル離れたトラスの肋材《ろくざい》に叩きつけられる。全身に激痛が走り、ゆかりは気を失いかけた。

《空気循環系停止。空気循環系停止。これより使い捨てモードに移行します。十分以内に船内に戻ってください》

警告音声に意識を取り戻す。バックパックの故障だ。空気をリサイクルできないから、これからは呼吸のたびに空気を捨ててゆく。長くは保《も》たない。

目の前にジムシャが立ちはだかっていた。

「邪魔する奴は殺す。女子供も容赦しない」

「そっ……」

声を出そうとして、ゆかりはせき込んだ。赤黒い唾が飛んでヘルメットの内側を汚す。

「そんなことして、何になるのさ」

「聖なる使命に意味を問うことはない」

「ロボットみたい。ここまで来て、何も感じないわけ？　自分の目で地球を見たんでしょ？」

「それがどうした」

話すだけでも横隔膜のあたりがひどく痛む。しかし舌だけは回った。

「民族だか宗教だか、何にこだわってるのか知らないけど、そんなことどうでもいいって思わなかった？」

「少々高いところから見たぐらいで、何が変わる」

「何がって……」

ゆかりは返答に窮した。宇宙飛行士になって、自分の人生が変わったのは確かだ。だがそれは、軌道から地球を見たからだろうか？

「人生変わったって人はいっぱいいるし」

「この程度で変わるのは、そいつの生が薄っぺらだからだ。俺たちの営みはここから見えない。見えなければないのと同じか」

「そうは、思わないけど」

否定してみるが、先が続かなかった。

前に見た光景がよみがえる。

中央アジア。しわくちゃの大地。どんな家で、どんな服を着て、何を食べているのか。畑なんかあるのか。テレビはあるのか。何して遊ぶのか。

わからない。自分は何も知らない。

「そうだよね……想像してなかったかも……」

腕の感覚が麻痺してきた。ゆるんだ手首から漏れた血液が霧のように舞う。

《警告！　警告！　生命維持できません。ただちに船内に戻ってください》

わかってるってば。でも体に力が入らない。

エアロックまで四十メートル。

いまとなってはあまりに遠い。

その時ゆかりは、ジムシャの背後で、ある変化が起きているのに気づいた。

まだ終わりと決まったわけじゃないらしい。

話し続けなきゃ。これが最後の武器だ。

「……でもさ、地上からじゃ、ここも光の点にしか見えないよね。ここに人の暮らしがあったなんて知らなかったんでしょ。何をするか決め込む前に、両方見とくべきだったんじゃない？」

白い腕がゆっくりと伸びてくる。あと少し。

「これ以上話すことはない」

「待って、いまわかった。出会いだよ」

ゆかりは急いで言った。話せるうちに話しておきたかった。

「あたしが宇宙飛行士を続けてるのは、地球を見たからじゃない。宇宙で人に出会って、それがすごくいいと思ったから。ラカイムもアミルソも、出会いがあって、考えを変えたんだ。それって、すごく人間らしいと思う。ちょっとムカついたけど」

「そうがどうした——何だ、くそっ！」

音もなくセントラル・トラスを移動してきたモバイル・サービス・ユニット。その機械の腕がジムシャの体をがっちりと摑んだ。複雑な関節の先にある四つのエンド・エフェクターが、数トンの握力で宇宙服の四肢を押さえ込んでいる。

「オーライ、最高、完璧な仕事だよ。操縦してるのカプランさん？」

『ああ。茜ちゃんたちに助け出してもらってね。みんなCRVに避難したんだけど、こないだの汚名返上をしようと思って、僕だけ残ったんだ。これでもコマンダーだしねえ！』

カプラン氏は声を弾ませていた。柄にもなく興奮しているのがわかる。

アームのカメラがこちらを向いた。

『腕を押さえてるね。怪我したの？　その赤いのは、まさか――』

「かすり傷。大丈夫、まだ平気」

『なんてこった！　君をサブアームでつかむよ。こいつでエアロックの前まで運ぶ。大丈夫、長くはかからない。それまで意識をなくさないで』

「ありがと。実は動けなくて……でもその必要はないみたい」

エアロックから光が漏れて、小さなふたつの人影が現れたところだった。ジェットガンを噴かして、大急ぎでやってくる。

もう、さっきまでの感情は消えていた。

おなじみの仲間。なのに宇宙で出会うと、何か特別な、かけがえのない感じがするのはどうしてだろう。このことを、あとでジムシャに伝えられるだろうか。

気がゆるんで、泣き出しそうになるのをこらえながら、ゆかりは言った。

「いま、茜とマツリが来たから」

第四話　魔法使いとランデヴー

ACT・1

南緯八度のアクシオ島、ソロモン宇宙基地。

朝食に向かう渡り廊下の途中で、森田ゆかりは背後に人の気配を感じた。

微かに漂う硝酸とヒドラジンの臭気――

「ゆか～りちゃあ～～ん……」

耳元で名を呼ばれて、森田ゆかりは飛び退《の》いた。

背後に立っていたのは化学主任の三原素子《みはらもとこ》だった。薄汚れた白衣を着流し、ぼさぼさ頭に黒縁眼鏡。さわやかな南の島の朝にふさわしくない風体《ふうてい》なのは、徹夜明けのせいだろうか。

いや、この人はいつもこうだ。慢性的に徹夜明けの人なのだ。

いつもと違うのは、両手をキョンシーのように前方に突き出していること。もし咄嗟《とっさ》に飛び退かなかったら、羽交《はが》い締《じ》めにされていたのだろうか。

「なな、なんですか素子さん」

「これこれ」

「ん?」

へらへら笑いを浮かべながら、突き出した両手を揺すってみせる。と、手と手の間の空間がゆらりと光った。なにかハンカチくらいの透明なシートをつまんでいるらしい。

おそるおそる、指を触れてみる。すべすべした手触りで、弾力性がある。

「ビニール……?」

「ちがうちがう。また新素材作ったのー。軽くて丈夫で熱に強くて~」

「何に使うんですか」

「厚さ〇・〇三ミリのスーパースキンタイト宇宙服! 紫外線と赤外線は全反射しながら可視光線は透け透け、指紋や毛穴までくっきり浮き出る超極薄仕様! つっぱり感皆無で裸同然の着心地ぃ~~」

「却下」

瞬殺する。

「だめかな～？」

「だめ。絶対」

覚醒剤取り締まりキャンペーンさながらに拒絶する。

「上から水着着てもいいし」

「絶対だめ。開発禁止」

「じゃあ論文発表だけにするか。ゆかりちゃんの3DデータでCG作ってネイチャーの表紙狙うから楽しみにねえ～」

ゆかりの全身にみなぎった殺気の照射を受けて、さすがの素子も心中を察したようだった。

「うそうそ。いくらなんでもそんな薄かったら伝導熱を遮断できないもんねえ」

「…………」

四月一日じゃないぞ、今日は。

「これねえ、ほんとは極超音速カイトの素材なの～。いまから向井《むかい》君に見せに行くんだよん」

「極超音速カイト？」

「そお。ガスで膨らんで紫外線で固まってえ、マッハ三十でエアロキャプチャー。へへへへへ」

何も説明せずに行ってしまった。自己完結した人だ。

ここは、そんなのばっかりだ。

食堂に入ると、三浦茜が先に来ていた。開いた本に目を落とし、上品なしぐさでティーカップを口に運んでいる。

「おはよー。マツリは？」

茜は本から顔をあげ、きょとんとした顔でテーブルを見回した。

「さあ？」

いつもなら一番に来ているのに、どうしたのだろう？

ACT・2

アクシオ島北岸、ソロモン宇宙基地の敷地から数キロ離れた浜辺。

凪《な》いだ海に、一隻のカヌーが漕ぎだした。艫《へさき》の立てる波が海中の珊瑚礁を揺さぶり、エメラルド・グリーンのマーブル模様に変えてゆく。

漕ぎ手はアフロヘアで漆黒の肌をもつ男たち、六人。それより明るい肌色の娘が艫の張り出しにまたがり、長い髪を風になびかせている。娘は椰子《やし》の葉を編んだ腰簑《こしみの》と粗い繊維の胸当てをつけ、あちこちにきらきら光るアクセサリを結びつけていた。両の手に小さなまといのようなものを持ち、交互に振りあげて音頭をとっている。

「ほいよーっ、元気出してこげよー、ほいほーい」

ほいほーい！

「ほいよーっ、根性出してこげよー、ほいほーい」

ほいほーい！

娘の音頭に合わせて、カヌーはわっしわっしと進んでゆく。珊瑚礁を外れて水深が深くなると、数頭のイルカが現れて、舟のまわりでジャンプを繰り返した。漕ぎ手たちには見慣れた光景らしく、歓声をあげることもない。

一時間ほど漕ぎ進むと、前方の水平線に緑の筋が見えてきた。

「ほいよーっ、レミソは近いぞ、ほいほっほーい」

ほいほっほーい！

レミソは小さな環礁の島だった。かろうじて海面より高い土地は差し渡し五百メートルほどの弧状をしており、椰子の木や塩水に強い常緑樹が茂っている。

男たちは漕ぐのを止め、カヌーはビーチに乗り上げた。その白砂はすべて珊瑚の破片だった。

「ほいっ、着いたね。ご苦労さん」

船頭の娘──マツリは艫から飛び降りて上陸した。

「それでは行ってくるよ。皆はここで待っていて。舟を降りてはいけないよ」

ほーい。男たちが声を揃える。

マツリは茂みに向かってすたすた歩き始めた。右手に槍を持っているが、狩りをするわけではないらしい。

茂みは海から見たときほど薄っぺらではなかった。さまざまな植生がからみあっていたが、マツリはそれを苦にする様子もなく、奥へと分け入っていく。

百メートルほど進んだところで、マツリは急に立ち止まり、振り返った。

漕ぎ手の一人がついてきていた。

「ほい、アニモ、今日は魔法使いだけが島に入るのだよ」

「わかってる。でも来た」

アニモと呼ばれた少年は漕ぎ手の中で一番若い。引き締まった体つきをしている。右の胸に傷跡があった。普段は寡黙だが、喧嘩っ早いところもある。

「俺、マツリとやりたい。やらせてくれ」

「それはできないね」

陽気な顔のまま、マツリは答えた。

「でもやりたい。うまくやる」

「アニモは舟に戻るといい」

「俺、マツリが好きだ」

アニモは性急なしぐさでマツリに歩み寄った。

マツリは初めて表情を険しくした。

マツリが槍を構えかけると、アニモは素早く腕を伸ばして穂の根元を摑んだ。槍はびくとも動かなかった。マツリは右脚で男の股間を蹴り上げた。素足の甲が急所を直撃した。

「◎×△$$!!」
アニモは悲鳴とも呻《うめ》きともつかない声をあげて地面にうずくまった。
「悪しき精霊に奪われし心、取り戻すがよい！」
マツリは男を見下ろし、表情をゆるめて言った。
「おまえはレミソの精霊にいたずらされたのだよ。だから舟を降りてはいけなかった。これからマツリが精霊と話をする。おまえは一目散に舟にもどるがいいね」
そう言い残して、マツリは茂みの中に消えた。
小一時間ほどして、マツリは浜に出てきた。
漕ぎ手たちは全員カヌーに座っていた。アニモは前から二番目に座っていて、今しがたまでべそをかいていたような顔だった。

「ほいフォークス、仕事は終わったよ。帰ろう」

マツリが艫によじ登ると、男たちはオールを海中に突き立てて舟を押し戻し、来た道を引き返し始めた。

アクシオ島の浜に着くと、漕ぎ手たちは舟をそのままにして漁の支度を始めた。マツリはすっかりしょげているアニモに声をかけた。

「元気出すね。マツリはお前が嫌いでないよ」

少年はすがるような目でマツリを見た。そのひたいを指で弾《はじ》くと、マツリはきびすを返し、山に向かう道を歩き始めた。

マツリは山の中腹にあるタリホ族の集落に戻った。広場に面した酋長の家の、あぶなっかしい階段をひょいひょいと登る。

酋長――森田寛《ひろし》はちくちくする敷物の上であぐらをかき、イルカの歯を数えては麻紐に通していた。マツリは向かい合わせに腰をおろし、やはりあぐらをかいた。

「ほい、とうちゃん、レミソの精霊と話をしてきたよ」

「おう、どうだった」

「アニモがついてきて、マツリはこくられたよ」

「ほほう！　あのむっつりがか」

寛は両手を膝頭に置いて身を乗り出した。

「それでどうした」

「目を覚まさせてやったよ」

マツリは右腕でアッパーカットのしぐさをしてみせた。

「ははは、そりゃいい」

寛はカラカラと笑ってから、真顔に戻った。

「魂を乗っ取られたか。島に上がったんだな」

「ほい」

「そこまでは本人の意思だな」

「そうだね」

マツリはうなずいた。

「レミソの精霊もたまっているね。相手が来ないのでいらいらしているのだよ。それでアニモとハーモニックになった」

「そうか。レミソのやつも年頃だからな」

タリホ族の信じるところでは、精霊は至るところに宿っている。山には山の、島には島の精霊が棲む。精霊は人間同様の欲求を持ち、恋もすれば嫉妬もする。

この奇妙な隣人たちの意向をうかがい、うまく折り合いをつけるのが魔法使いたち——一般には呪術師、シャーマンと呼ばれる人々——の仕事だった。

マツリは母トトの後を継いで、タリホ族の魔法使いになる途上にあった。

「しかし島の精霊が不機嫌なのはよくないな。相手の精霊はどんなやつだ」

「よくわからなかったよ。そこだけ言葉が合わなかった。相手は三年も遅刻してきて、こんどこそ来ると思ったらそれもあやしくなってきたので、レミソはいらいらしている」

「ほう。三年遅刻とはなんだな、遠いのか、待ち人の住処《すみか》は」

「それもわからないね。でも――」

椰子の葉で葺《ふ》いた屋根を、マツリは指さした。

「空から来ると言っていたよ」

「なんだか雲をつかむような話だな。代わりの嫁はいないのか」

「ほい、それは……」

マツリは少し言いよどんでから、続けた。

「やっぱりわからないね」

若い魔法使いがひととき顔を曇らせたことに、酋長は気がつかなかった。

ACT・3

昼休みが終わって食堂内に人影はまばらだった。テレビ前のテーブルではゆかりと茜がくつろいでいた。午後からの訓練が中止になり、暇をもてあましているのだった。二人ともトレーニングウェアを着たまま。ゆかりは頬杖をつき、茜は少し小首を傾《かし》げたような姿勢で静かに読書していた。

「マツリ来なかったな。昼飯には絶対遅れないと思ったのに」

ゆかりが言った。

「用事が長引いてるのかしら」

「いっちょまえに用事があるってか。タリホ族のくせに」

「祭祀《さいし》とかいろいろあるみたいですよ。ほら、マツリはシャーマンだから」

入り口のほうできゃらきゃらという音がしたので、ゆかりはそちらを見た。

マツリが半裸の先住民スタイルで駆け込んできたのだった。

「ほーい！　おばちゃん、ごはん！　ごはん！　まだあるね!?」

陽気な声が食堂中に響きわたる。

宇宙飛行士用に調製された特別ランチをトレイに載せると、マツリはこちらにやってきた。

「ほいほい、間に合ってよかったよ！」

「いいけど着替えろよな」

「着替えていたらごはんにありつけないと思ったのだよ」

言いながらマツリは、ケチャップとマヨネーズのボトルを両手に握って白身魚のソテーに垂れ流した。

「また調理師の苦労を無にして」

「この魚は舟だよ。ケチャップとマヨネーズを運ぶ舟だね」

SSAに来て以来マツリが受け入れた文明は、宇宙船の操縦を除けばケチャップとマヨネーズだけだった。

テレビの中でNHKのアナウンサーが正午を告げた。こちらの時間では午後二時だ。

アナウンサーがニュースを読み始めた。

『JAXA――宇宙航空研究開発機構は、小惑星探査機《はちどり》によるサンプル回収が絶望的になったと発表しました』

茜が本から顔を上げた。

『《はちどり》は日本が独自に開発した無人の小惑星探査機で、世界で初めて小惑星マトガワにタッチダウンし、土壌サンプルを採取しました。しかし小惑星から離れる途中で燃料漏れが発生し、通信途絶に陥りました』

サツマイモに似た小惑星を背景に、ゆっくりと自転する探査機のCG映像が現れた。

『相模原市の宇宙科学研究本部では遠隔操作によって慎重に救出作業を進め、通信の回復、姿勢制御とイオンエンジンの始動に成功、《はちどり》は地球への帰還コースに乗りました。しかしバッテリーが復旧できなかったため、採取した小惑星の土壌サンプルを帰還カプセルに移送し、分離することができなくなりました』

画面は《はちどり》の図解に替わった。本体は大型冷蔵庫ほどの直方体で、左右に太陽電池パドルを翼のようにひろげている。典型的な人工衛星の形だ。

本体は大気圏突入に耐えられないので、土壌サンプルだけを小さな帰還カプセルに入れて地上に届ける。帰還カプセルはSSAのオービターを寸詰まりにしたような形で、サイズはバケツくらい。

『現在《はちどり》は太陽電池でイオンエンジンを動かしていますが、サンプル容器を帰還カプセルに移送して切り離すには、バッテリーの電力が必要です。しかしバッテリーは完全に放電して準短絡状態にあるため再充電は不可能とわかりました。《はちどり》は来月十七日、地球に接近しますが、そのまま人工惑星として宇宙をさまようことになる見込みです』

「ほい、惜しかったねえ」

「まー、めげずに二号機を打ち上げるんだなあ」

茜はというと、目にうっすらと涙をためて画面を見つめている。

「かわいそうに。がんばったのに……」

茜はたとえ無人の探査機にでも、思いっきり感情移入してしまうのだ。オルフェウス探査機の救出ミッションのときもそうだった。

「しょうがないよ。あれでもずいぶん成果あげたっていうじゃん」

「うん……」

「あれもだいぶ前からやってたよね。私らが中学の頃だっけ？　小惑星に着地したって盛り上がったの」

「うん。危篤状態の《はちどり》をだましだまし救出運用して——手探り状態だから時間がすごくかかって、だから地球帰還の予定を三年延期したんです」

「ほい、三年延期？」

マツリが急に身を乗り出した。

「うん。小惑星のそばで漂流してたのはほんの数か月なんだけど、地球との位置関係とかいろいろあったから、三年延期になって」

「ほほー……」

マツリはテレビのほうに向き直った。アナウンサーは次のニュースを伝えていた。

「三年延期がどうかしたのかさ、マツリ？」

「ゆかり、茜、《はちどり》を助けにいこう！」

マツリは慢性的に元気な顔で言った。

「はあ!?」

「《はちどり》は助けないといけないね！」

「だからなんで」

「みんなのためになるからだよ」

「そりゃ、なるっちゃなるかもしんないけど……」

ゆかりは適当に流した。マツリの思考をいちいち理解しようとすると、生きている時間がなくなるのだ。

「だけど、助けるったってデルタVが違いすぎるよ。だよね茜？」

「うん。惑星間空間からだと、どうしてもね」

「ほい？」

茜が説明を引き継いだ。

地球引力圏の外から飛来するものは、地球引力圏を脱出できる速度を持っているというのが宇宙の掟だ。仮に地球低軌道で出会うとしても、秒速三～四キロという大きな速度差があるのでランデヴーできない。この場合のデルタVとは、その速度差を示す言葉だ。

もしこちらが相手に速度を合わせたら、自分たちも地球引力圏を脱出してしまう。ランデヴー後に元の速度まで減速しようとすると膨大な燃料が必要だ。それを打ち上げるとしたら、たぶん月ロケットと同じくらいの規模になるだろう。

マツリは神妙な顔で茜の話を聞いていた。

「もし《はちどり》がそのまま地球に突っ込んだら、サンプルはどうなる?」

「現状だとサンプル容器は耐熱カプセルに挿入される前のところで止まってるの。だから本体が大気圏に突入したらまともに高熱にさらされて、溶岩のスプレーになって散っちゃうと思う」

マツリは口を半開きにしたまま、真顔になった。

「……それでは精霊は生きていられないね」

「精霊?」

「精霊はどこにでもいるよ、ゆかり、茜。大切にしないといけない」

ACT・4

「《はちどり》を回収する?」

「ええ」

所長室。部屋の主、那須田勲《いさお》とナンバー2の木下和也《きのしたかずや》を前にして熱弁をふるっているのは、若いながらもチーフエンジニアの向井博幸《ひろゆき》。

「来月に予定していたテザー実験と、次期オービター用に開発していた極超音速カイト。この二つを組み合わせれば、できると思うんです」

「新しいものを二つか」

木下が腕組みしたまま言った。

「冒険だな」

「どうせテストです。ダメモトでやってみては」

「テザー実験なら失敗しても文句は出ないさ。自社でやるテストにすぎないからね。だが《はちどり》の回収に挑むとなると、人々の期待を集めてしまう。それを裏切ったらいいことはない。たとえダメモトの奉仕活動であってもだ」

「そうですか……」

「いや、それはあまり心配しなくていいんじゃないか」

うなだれる向井と入れ替わりに、那須田が言った。

「前に立つのはガールズだ。新しいことに挑戦して、がんばったけど失敗した。返ってくるのは温かい拍手さ」

「ああ、そうでしたね」

木下は三人の宇宙飛行士をアイドルとして利用することに、いまだに慣れていなかった。

宇宙事業に立ちはだかる三つの障壁──技術の壁、コストの壁、世論の壁のうち、最後のひとつはSSAにおいては存在しない。三人娘の絶大な人気によってすっかり覆い隠されているのだ。

ただしそれは、三人が無事であった場合の話だ。

「回転する全長二百キロのテザー、二トンの張力、その末端で行うランデヴー、大気制動、そして極超音速域の飛翔体──どれも一筋縄ではいかない、カオティックな現象ばかりです。相当な危険がともなうでしょう。危険とは予測不可能性ですから」

「僕には、最善を尽くすとしか言えませんけど」

「それじゃ困る」

言下に否定されて、向井は呼吸を整えた。

「それは、そうですね」

しばしの沈黙のあと、那須田が言った。

「前向きにいこうじゃないか。もともとやるはずだった実験に付加価値をつけようというのは悪い考えじゃない。実施については娘たちに相談してみたらどうかね」

「実現性検討《フィジビリティ・スタディ》の段階で、ですか」

木下は片眉を上げた。

「そうさ。いまやあの子らは現役宇宙飛行士の誰よりも宇宙を知ってる。何をやるのか、ちゃんと理解させれば、それなりの判断をするだろう」

那須田は木下と向井の顔を見比べながら言った。

「手札をさらして、自分の頭で決めさせるんだ」


三人娘がブリーフィングルームに現れると、窓辺にたたずんでいた木下がブラインドを引き下ろした。窓に近い席に那須田が腰掛けている。教壇には向井がいて、プロジェクターに自分のノートパソコンをつないでいた。黒板の前にはスクリーンが降りていた。

「ちょっと待ってね。二分で支度するから」

向井のノートパソコンのデスクトップ画面がスクリーンに現れた。壁紙は三人娘が並んでサムアップサインをしている写真。ＳＳＡのウェブサイトで提供しているものだった。

起動完了を待つ間に向井は話を始めた。

「ええと、《はちどり》が地球に近づいてることはみんな知ってるよね」

さっき知った、とゆかりは心の中で答えた。

「これをうちのオービターで回収しようとしたら、何が問題かな」

「デルタＶ」

こんどは声に出して答える。

「そう。だけどこれには抜け道があって、オービターが速度を変えないまま《はちどり》をキャッチする方法があるんだ。わかるかな？」

ゆかりは茜を見た。茜は小首を傾げるようにして熟考モードに入っていた。さっきの食堂では不可能で一致したのだが、抜け道となれば常識判断ではすませられない。知識を総動員して問題を理解し、抽象化し、組み立て直す必要がある。

「オービターに対して《はちどり》はプラス秒速四キロ……つまり一つの物体に異なる速度を共存させる……もしかして、テザーですか？」

「ご名答！　さすが茜ちゃんだなあ」

「でも、回転を止めるためには結局――」

「そう。そこでこういうものを使うんだ」

向井はプレゼンソフトを立ち上げた。

太いゴチック体で《テザーおよび極超音速カイトによる惑星探査機の回収システム》というタイトルが現れた。

続いて投影されたのは、システムの概念図。

向井はレーザーポインターで各部を指しながら説明していった。

高度三百五十キロの軌道にＳＳＡのオービター、マンゴスティンがいる。オービターから細くて強靭な紐《テザー》が下方に伸びている。その長さは二百キロメートル。しかし太さは〇・八ミリメートルしかないので、ボビンに巻くと丸めた毛布ほどのボリュームしかない。

テザーの末端にはキャプチャーと呼ばれる小型軽量の装置がある。キャプチャーのロケットエンジンを噴射することで、テザーは回転する。約三百秒の周期で回転させると、テザー末端の速度は秒速四・二キロになる。

オービターの質量は二トン。テザーやキャプチャーはずっと軽いので、ほとんどオービターを中心に回転する形になる。回転方向は、地球に近い側が軌道前方に進む。

「茜ちゃんが言ったとおりで、全体としては低軌道をまわる人工衛星なんだけど、その先端は地球脱出速度を超えてるんだ」

このキャプチャーで、地球に最接近する《はちどり》を捕獲する。タイミングと方向を合わせれば相対速度がゼロになるから、なんの衝撃もなく相手をつかまえられる。

これで全長二百キロのテザーの一端にオービター、もう一端に《はちどり》とキャプチャーが結ばれたことになる。

《はちどり》側の総重量は二百七十キログラムで、オービターよりずっと軽い。重心、すなわち回転中心はオービターから約三十キロメートル離れた地点になる。オービターに加わる遠心力は一G程度。《はちどり》は七Gの遠心力を受けるが、打ち上げ中はそれを超えるGがかかるので、設計強度の範囲内だ。

テザーで結ばれた全体は、秒速五百メートルほど増速するので楕円軌道に移行する。近地点（地球に最も近づく地点）で高度三百二十キロ、遠地点（地球から最も離れる地点）で二千四百キロ。これは回転中心の話で、近地点付近にいるとき《はちどり》が下方にまわれば有効な大気制動《エアロブレーキング》がかかる。その高度は百五十キロ。ここには希薄な高層大気がある。温度上昇はごくわずかで、赤熱することはない。この高度で時間をかけて大気制動をかけていけば、やがて回転は止まり、楕円軌道はもとの円軌道に戻る。

「結局、ロケット噴射を使うのは軽量のキャプチャーを加速するときだけなんだ。減速はすべて地球の大気がやってくれる」

茜が小声で、すごい、ともらした。マツリも感心した様子で、にこにこしている。

ゆかりは、ずいぶん複雑だな、と思った。

「えーとつまり、《はちどり》だけで大気の濃いところへ突っ込ませると燃えちゃうから——」

「そう」

「いったん紐でつないどいて、空気の薄いところでじっくりブレーキをかけるわけか」

「ご名答。《はちどり》をつかまえてからは、オービターは微調整以外に噴射を使わない。錘《おもり》になるだけでいいんだ」

「そう言われると簡単そうではあるかも」

ゆかりは慎重に言った。これまでの経験では、どのミッションも出発前は簡単そうなのだ。

「実際、捕獲を終えてしまえば宇宙飛行士の仕事はほとんどないんだよ。捕獲も君たちが直接するわけじゃない。カメラの映像を見ながら、《はちどり》が近づいてきたらボタンを押すだけでいい」

向井はプレゼン画面を進めた。

テザーの回転が止まったら、キャプチャーは膨張式の極超音速カイトを展開する。それはロガロ翼と呼ばれるもので、もともと宇宙船のパラシュートの代わりとして考案され、ハンググライダーや凧に転用されたものだ。水鳥の足のように、三本の棒の間に膜を張った形をしている。

「カイトは長さ十一メートル、左右の幅が十八メートル。棒になった部分は直径一メートルあって、ガスで膨らませたあと、紫外線で硬化するようになってる。すごく薄いフィルムでできていて、畳むとリュックサックに入るんだよ」

今朝、素子さんが見せたあれか、とゆかりは思った。棒の部分はキールバー、ウイングバー、クロスバーなどと名付けられていて、内部にもハニカム状の壁があった。

カイトは三十メートルのラインでキャプチャーに結ばれている。ちょうどキャプチャーが凧を揚げているような感じだ。

「そしてテザーを切り離す。オービターはいつもどおりに軌道離脱して帰還するだけでいい。《はちどり》とカイトはゆっくりと大気圏に沈んでいく。ちょうどハンググライダーみたいにね。このときの揚抗比《ようこうひ》はおよそ一で、ほとんど真空に近い大気圏を滑空して降りていくことになる。空気が薄いうちにほとんどの減速を終えて終端するから――」

「終端するって？」

「重力と空気抵抗が釣り合って、それ以上加速しなくなる速度のこと。トスした紙風船が一定速度で落ちてくるとき、それが終端速度なんだ」

「了解」

「高いところで減速を終えてしまえば、みんなが再突入の時に受けているような強いGも高熱もない。表面温度は百度以下で、地面に着くまでふわふわ滑空するだけなんだ」

「ほんと？　そんなにうまくいくもんなの？」

「何度もシミュレーションして確かめたよ。大気圏突入でみんなが大きなGを受けるのは、高いところで十分に減速しないまま空気の濃いところへ飛び込むからなんだ。大気密度は急激に増えるから、壁にぶつかったような感じになるんだね。空気の薄いところで減速を終えてしまえば、あとは紙風船と同じだよ」

「百度だったら宇宙服のままでもいけるじゃん」

「ええと、理論的にはそうなるかな」

「じゃあこれまでの私らの苦労はなんだったわけ？　なんで毎回おっぱいぺちゃんこにして八Gに耐えなきゃなんないの」

「おっぱ……」

向井は赤面した。飛行士が女ばかりだから、当人たちにはまだ女子校気分がある。そのモードにおける女子たちの露骨な物言いに、男たちは慣れていない。そしてゆかりが無造作に拳をふりあげるたび、Tシャッを押し上げる胸が小さく揺れるのに気づかないわけにはいかなかった。

「え、ええと、その、人の乗った宇宙船を減速するには、実績のある方法をとるものなんだよ。高層大気中で、極超音速で凧みたいなものを操るのは未開拓の分野なんだ。大気圏突入中のオービターは衝撃波の殻みたいなものを作るよね。船の艫にできる波みたいな」

「ボーショックだっけ」

大気中を超音速で進む物体のまわりには、船の艫が立てるようなV字の衝撃波が生じる。海面は二次元だが空は三次元だから、傘のような形になる。

「そう。そのボーショックがカイトの姿勢を乱すかもしれない。このカイトは揚抗比が大きいから、ボーショックの上側に浮かぶことになるんだけど、普通のパラシュートだとこうはいかない。でも軌道速度に近いときのカイトは不安定だから、ずっと操縦してなきゃならないんだ。今回はキャプチャーについているコンピューターが操縦してくれるんだけど、それがうまくいくかどうか、まだ実績がないんだ」

それから向井は速度と高度のグラフを示して、減速行程のほぼすべてが、通常よりずっと高い高度で終わってしまうことを示した。

「今回のが成功したら、それ、私らの船にも装備する?」

「うーん、実績がつけばそうなるかなあ? でも今回のカイトが運べるのは五百キロまでだからね。《はちどり》なら余裕だけど、オービターは無理だなあ」

「おっきいの作ればいいじゃん」

「もちろん、その方向で考えてるよ。これがあれば耐熱を考えなくていいから、メンテしたい人工衛星や、宇宙ステーションで製造した物資を低コストで地上に降ろせるんだ。それから、宇宙ステーションで怪我人が出た時も、Gをかけずに降ろせるね」

「これのシステムを前提にすれば、サンプルリターンする惑星探査機もシンプルになりますね」

茜が顔をほころばせて言った。

「これがあれば、サンプルを帰還カプセルに入れて大気圏突入させなくていいんですよね。そのまま戻ってくるだけで、あとは地球側がやってくれるから」

「そうだね。よその惑星や小惑星まで送るものは、できるだけ軽くしたい。旅のいちばん最後でしか役に立たない荷物を抱えていくのは、まったくもって無駄なことなんだ」

「えーと、結局」

ゆかりが言った。

「このミッションで私らはオービターで振り回されてるだけ？　面倒なことはそのキャプチャーがやってくれるみたいだけど」

「そういうことだね。つまり――」

「いや、ここからは僕が言おう」

木下が教壇に上がった。

「向井君はいわば弁護側で、僕は検察側だ。このミッションの危険な面を伝えたい。もちろん向井君でも公平に話せるんだがね」

ゆかりは木下の顔を見た。憎まれ役は僕の仕事だから、と唇が動いたような気がした。

木下にはいつもシミュレーション訓練や学科講習でしごかれている。小さなミスも見逃さず、ガミガミ叱りつける嫌な奴だ。だがそうやって叩き込まれた知識が、宇宙で役に立ったことが一度ならずあった。彼の話は、聞かなくちゃいけない。

「秒速四キロの物体をつなぎとめておける、テザーというものは実に強力な道具だが、それだけの危険を孕《はら》んでいる。それはコンクリートの壁みたいなものだ。車が衝突すれば大破する。そこに壁がなければ車は通り過ぎるだけだ。車をぐしゃぐしゃに叩きつぶすポテンシャルは、動かない壁によって引き出される。わかるかな」

「……」

なんとなく、とゆかりは心で答えた。目の端で、茜がちいさくうなずいた。

「虫歯を引っこ抜くのにテザーを使うのを知ってるかな。患者を座らせ、歯とドアの把手を丈夫な糸で結んで、少したるませておく。ドアを一気に閉めると、糸が急にぴんと張って、その瞬間に虫歯が抜ける。きわめて短い時間に強いテンションがかかるから、痛みを感じずにすむわけだ。ドアを閉める動きは比較的緩慢なのに、テザーが介在することで鋭いピークが生じる。これもテザーの怖いところだ」

「濡れタオルをぴんってやるようなもんかな？」

「いい答えだ」

眼鏡の奥で、目尻がかすかにほころんだような気がした。

「タオルが張りつめた瞬間に大きな音がしてしぶきが飛ぶ。腕を開く動作よりずっと高速が生じているのがわかるだろう」

木下は少し間をおいてから言った。

「もしたるんだテザーが急に張ったら。逆に張りつめたテザーが急に切れたら。振り回されているオービターがどうなるかを考える必要がある」

「そのために衝撃ジョイントがあるんです」

向井が割って入った。

「テザーに想定外のテンションがかかったら、自動的に切り離す仕組みがあるんだ」

「だが切り離せばいいというわけじゃない」

木下は弁護側を制した。

「その瞬間、宇宙船は接線方向に突っ走ることになる。テザーは《はちどり》の運動量を温存しているのだからね」

「それはそうですが、オービターの質量は《はちどり》側の約七倍ですから、周速度は秒速五百メートル程度です。自分で噴射して打ち消せます」

「それはそうだ。その速度ならオービターの軌道変更能力で対処できる。ただし迅速な操縦が必要だ」

「オンボード・コンピューターがやってくれますよ」

「それが故障した場合も想定しなくちゃなるまい。すぐ下は大気圏だ。突然そこに飛び込むことになったら、再突入の準備をする時間にあまり余裕がない」

ゆかりはふと、マツリのほうを見た。

「ついてきてる？」

「スリングと同じだね」

「スリング？」

「二つの石を紐を結んで投げる。鳥や獣の脚にひっかけるのだよ」

マツリは右手を頭上にさしのべて、投げ縄を振り回すようなしぐさをした。

「そんなもんかな。だとして、危険はあると思う？」

「鳥に当たったらスリングはからむね。でも宇宙に鳥はいない。ノープロブレムだね」

宇宙に鳥はいない。確かにそうだ。

しかし鳥に代わるものとテザーが接触したら？　なにしろ全長二百キロメートルもあるのだ。なにかとぶつかる可能性は少なくないだろう。

「えっと、テザーがスペースデブリと衝突したらどうなるのかな？」

「切れるだけ――ですよね」

茜が言った。

「たいていのスペースデブリは大きな速度差を持っていますから、絡みつくようなことはないと思います」

「ふむ。茜君としてはこのミッションに賛成かね？」

「はい。とても有意義なミッションだと思います」

「どうかな、ゆかり君」

ずっと黙っていた那須田が口を開いた。

「君はこのなかで一番経験豊富だ。細かい検証や政治的背景その他もろもろはすっとばして、パッと感じたところでどうだね。このミッションをやっていいかどうか」

「えっと……」

急に答えを求められて、ゆかりはあわてた。

だいたいこの人たちは曖昧《あいまい》に答えることを許してくれない。ニュアンスってもんがあるのに、いつもイエスかノーだ。

そのいっぽう、自分の判断を求められるのは悪い気がしない。ここはリーダーとして毅然としたところを見せたい。

えーと……

ゆかりの脳内で技術用語の翻訳が始まった。つまりスリングは投げ縄みたいで、歯をひっこぬくのはピアスの穴あけみたいで、テザーは細い紐で、細いやつはなんか嫌だ。ピンヒールは敷石の隙間にはさまる。編み物苦手。手芸とかだめ。新体操のリボンなんかありえない。でもスパゲティは好き。冷や麦もラーメンも。

「どうかね、ゆかり君。えいやっと一声」

えいやっ、か。脳内のあちこちにうずまいている声にならない声を、アンプのボリュームを上げるようにして無理矢理言葉にする。

「テザーやばい！　今回パス！」

男たちはいっせいに目を丸くした。

「そ、そうか？」

「一回テストしてからのがいい」

言いながら、考えがまとまってきた。

「テストのついでに《はちどり》助けるって、ついでになってないじゃん」

木下が小さくうなずいた。

ミッションの現場に立てば、使命感も湧いてくるし、いいところを見せたくなるものだ。茜みたいな子なら、苦難の旅を続けてきた探査機をどうにかして助けようとするだろう。今回はマツリも妙にやる気になっていて、この子は本気になったら何をしでかすかわからない。そうなったらついでどころではすまなくなる。無理に無理を重ねて、自分や仲間を危険にさらすことになってはいけない。

「茜君は。君はどう考える」

木下が訊いた。

「私は……その」

茜は言いよどんだ。視線が小刻みに揺れる。額にかかった柔らかな髪の下で、脳細胞が総動員されているのが目に見えるようだった。

「ゆかりの言うとおり……かもしれません。あのときとは、ちがうから……」

あのときとは、オルフェウス救出ミッションのことだ。あれは予定のミッションではなかった。軌道に上がってから緊急事態が発生し、その場でミッションを組み立てたのだ。それは成功裡に終わったが、かなりの冒険だった。最初からああなるとわかっていたら、やるべきではない。

「ほい、みんなでひとつの気持ちにならないと、うまくできないね」
「マツリ君は？」
それからマツリは、ゆかりのほうを向いた。
大きな、猫のような目がゆかりを見据えた。その視線に、ゆかりは釘付けになった。
急に周囲の音が消え、背景がホワイトアウトした。
マツリの顔だけが視野を占めている。その唇が動き、音もなく言葉を伝えてくる。
ゆかり、避けてはいけない。
きっとうまくいく。大丈夫。
ゆかりはこのミッションをやりたい。
ゆかり、がんばろう。
精霊たちを喜ばせるために、がんばろう。
みんなよろこぶ。ポジティブでいこう。
ビー・ポジティブ。
……
背景とノイズが元通りになった。
「ええと……」

ゆかりは木下のほうに向かって言った。

「前言撤回。やっぱりやろう！　やったほうがいいよ、このミッション」

「ふむ？　急にどうした」

「さっきはちょっと臆病になってたみたい。私ら、そんな使命感なんてないし、やばいって思ったらすぐ中止するし」

「……そうか？」

「《はちどり》、せっかく近くまで帰って来たんだから、できるだけのことしてあげたいじゃん。だよね、茜？」

「それは、ゆかりがそう言うなら」

「マツリもいいよね」

「ほい、もちろんだよ！」

男たちはまた顔を見合わせた。木下が口を開きかけたが、その機先を制するように那須田が号令した。

「よし！　ゆかり君がそういうなら、ダメモトでやってみようじゃないか！」

向井は顔を輝かせ、木下は控えめに肩をすくめた。SSA内で、那須田の「ダメモトでやってみようじゃないか」に泣かされなかった者はいない。面前でそう号令されると、よしやってみようという気になるのだ。その時は。

「忙しくなるな、向井君！」

「大丈夫、完璧に準備してみせますよ！」

「オービターだが、何人乗っていく？」

「装備が重くなるので、二人が限度です」

「とすると……今回はGのかかる場面もあるから、ゆかり君とマツリ君に飛んでもらうのがよさそうだな。茜君は地上でバックアップだ。どうかね？」

「はい」「ほい」「わかりました」

「いい返事だ！」

三人が口を揃えると、那須田は喜色をうかべて言った。

「よろしく頼む！」

ACT・5

ゆかりはマツリと肩を並べ、宿舎への舗道を歩いていた。

茜は図書室に寄ったので、いまは二人きりだった。

西に傾いた陽が、海上の積乱雲を紅く染めている。

二人は黙って歩いていた。ゆかりは誰かがそばにいるとき、黙っているのがつらくなるたちだったが、今日はちがった。

心の半分に、まだあの奇妙な感じが居座っている。

と、それを打ち壊すように、雷鳴が轟《とどろ》いた。思ったより近い。

はっとした途端、ゆかりは我に返った。

「え？」

「ほい？」

マツリがきょとんとした顔でこちらを見る。

こいつ——

その瞬間、ゆかりは呪縛から解放された。

さっき。あのとき、マツリがこちらを見て——その目に吸い込まれた。

ゆかりはマツリの二の腕をつかんだ。

「ちょっとマツリ、あたしに何をした⁉」

「ほい、なんのことを言っている？」

「とぼけないで！　使ったんでしょ、魔法とかっての！」

「ほほー、ゆかりは心が強いね。もう術を破った」

「ほほーじゃないっ！」

「キープ・クール、ゆかり。こっちへ来るね」

マツリはゆかりの手首をつかんで腕から引き離すと、逆にその手を引っぱって舗道を外れた。

「ちょっと、どこ行くの⁉」

「見せたいものがあるよ」

マツリはゆかりの手を引いて、ずんずん歩いてゆく。

トレーニング・ジムの裏手に来た。

「ここでいいね」

「ここでいいって、ここはいわゆる体育館の裏――おいっ！」

マツリはゆかりの自由なほうの腕を握り、一気に地面に押し倒した。

背中に砂利が食い込む。マツリは馬乗りになってきた。がっしりと自分の両肩を押さえ込んでいる。視野をマツリの顔が覆った。

「やりなおそう、ゆかり。こちらを見て」

マツリの瞳を見た途端、またあの感覚がよみがえってきた。現実感が喪失し、異世界に吸い込まれるような浮遊感。

「さ、させるかっ！」

ゆかりは目をくいしばった。

マツリは視線で術をかける。目を見たらおしまいだ。

「ゆかり、目を開けよう」

「開けない！」

「ゆかり、こっちを見て」

「見ない！」

「見ないと大変なことになるよ」

「でも見ないっ！」

するとゆかりの唇に、なにか柔らかいものが押し当てられた。

それから、温めたマグロの刺身のようなものが口腔内に押し入ってきた。その侵入物はたちまちこちらの舌を探り当て、からみついてきた。

「○●×◎△□!!」

思わず目を開くと、あの瞳が待っていた。

だめだ、やられる――

次の瞬間、自分の身に起きたことは自覚しなかった。火事場の馬鹿力スイッチがオンになったのだろう。ゆかりは振り立てた右脚の反動で右肩から上体を起こし、一気に半回転した。

形勢が逆転した。マツリをうつぶせに組み伏せ、右腕をねじり上げる。よく引き締まった小麦色の腕を、指が白くなるまで握りしめる。

「ほぉい、ゆかり、痛い、ギブ、ギブ、降参だよ！」

「やめるかっ！」

「ゆかり、痛い！　痛い！」

「こっ……ちょ……はぁ……」

まだ警戒は解かずに、力を少しゆるめる。吹き出した汗がマツリの背中にぼたぼた落ちた。

ゆかりは尋問にかかろうとしたが、破れそうな心臓をなだめるのに二分、声を出すのにもう二分かかった。

「は……話を聞こうか、マツリ――」

うつぶせになっていたマツリは、首を回し、横顔を見せた。

「こっち見るな！」

「ほひ、もうしない、もうしないよ、ゆかり」

マツリは横顔のまま言った。

「なんで私に魔法を使った。なにをたくらんでる」

「それは話すと長いのだよ」

「いいから話せ！」

「精霊のためだよ、ゆかり」

「精霊。またそれか」

「マツリはレミソの精霊をなだめないといけなくなった」

「レミソって、レミソ島の？」

「ほい」

　マツリは今朝のレミソ島であったことを語った。カヌーで島に渡ったこと。精霊の居るブッシュに入ったこと。そこで精霊と語り合ったこと。

「んで、その精霊のイライラが今回のミッションにどうつながるのさ」

「ゆかり、レミソの恋人は《はちどり》に乗っているのだよ」

「はあ？」

「恋人は小惑星マトガワに棲んでいた。そこへ《はちどり》がタッチダウンした。レミソの恋人はそれに乗って地球にやってくることにしたのだよ」

「《はちどり》、トラブルで三年遅れたって――」

「ほい。そのうえ地球を素通りしようとしているね。これでレミソの精霊がイライラしているわけがわかったよ。まちがいないね」

「まちがいないって」

　どんな確証があるというのか。

「魔法使いにはわかるのだよ。魔法使いは精霊といい関係を作るのが仕事。だからレミソの精霊を鎮《しず》めなくてはならないね」

「鎮めないとどうなるの」

「いろんなよくないことが起きる。このごろレミソ島のまわりで魚がとれない。そのうちもっといろんな災いが起きるよ」

「じゃさあ、代わりの相手を紹介してやれば」

「そうだね」

マツリは真顔で言った。

「この結婚がうまくいかなかったら、そうするしかないね。魔法使いの仕事だよ」

「……え？」

ゆかりは思わず両手の力をゆるめた。もう必要がない気がして、マツリの体から身を離した。

マツリはゆっくりと上体を起こした。視線は地面に向けたままだった。

うつむいた頬に、涙がつたうのが見えた。

「かわりに、マツリが嫁入りしないといけないよ」

「そんな！」

「レミソの精霊に言われたよ。もし相手が来なかったら、かわりにおまえが来いと」

マツリはこちらに顔を向けた。笑っているような顔だった。しかしその双眸《そうぼう》にもう妖気はなく、かわりに涙がたまっていた。

「そしたら、ずっとレミソ島にいないといけなくなるよ。みんなともお別れだね」

「そんな、馬鹿なことって……」

「馬鹿じゃないよ、これはタリホ族に伝わる――」

「馬鹿よ！　親父が言ったの⁉　あの無責任親父が！」

「ちがう、父ちゃんではないね。これはこのような成り行きなのだよ」

なんて馬鹿馬鹿しい。宇宙飛行士が迷信のせいで生け贄《いにえ》みたいなことになるなんて。

だがマツリの顔には、なんの揺らぎも読み取れなかった。

これはマツリにとって、純粋で切実な問題なのだ。その信念を破壊することはできない。

なのに気づいてやれなかった。昼間、食堂に現れたときも、いつもどおりの陽気なやつだと思っただけだった。

ゆかりは膝をついたまま、マツリを抱きしめた。

「話して」

「ほい？」

「困ってたら話して。こんどから」

「ほい……」

「魔法いらないから」

「ほい」

「私がなんとかするから」

「ほい」

マツリは、そのたびに異なって聞こえる「ほい」で答えた。

二人はそのまま抱き合っていた。涙がおさまるまで、そうしているしかなかった。

ACT・6

宇宙飛行士たちが暮らすのは基地の敷地内にある三階建ての宿舎で、その二階にゆかり、マツリ、茜の順で個室が並んでいた。ベッド、机、小型冷蔵庫、ユニットバスがある程度で、宇宙飛行士だからといって格別豪華な部屋ではない。

部屋に戻ってまもなく、ゆかりは茜の部屋を訪ねた。

茜は難しそうな航空工学の本を開いて、傍らの計算用紙の上に数式を書き連ねていた。

「ちょっと話があるんだけど、いいかな」

「あ、はい？」

「うん、ちょっと」

ゆかりがすぐに話し始めないのを見て、茜は床に転がしてあるクッションを示し、自分もそのひとつに腰を下ろした。

「うんとね」

「はい」

「マツリのさ、魔法とかってどう思う？」

「守衛さんの目をごまかしたりする、あれ？」

「うん」

茜はちょっと小首を傾げた。

「催眠術かなって思ってるけど」

「じゃあ、タリホ族のみんなでロケットに呪いをかけるってのは？」

「因果関係、あるわけないですよね。失敗しそうな空気を読んで、呪いの儀式をするっていうのは、ありそうだけど」

タリホ族は有人ロケットには呪いをかけないことになっている。有人機は万全の検査をして打ち上げるから、空中で爆発するような失敗例はない。それに較べて無人のテスト機は失敗率が高く、そんな機体に限ってタリホ族は呪いをかけるのだった。呪いが成就すれば酋長や呪術師の株が上がり、人心掌握に貢献するのだろう。

「じゃあさ、精霊ってあると思う？」

「精霊……ですか」

茜はしばし、視線を宙にさまよわせた。

「それも物理的には存在しないと思うけど。あると思えばある、みたいなものかな？」

「そういうのに縛られて生きるのってどう思う？」

「縛られるのはよくないと思うけど。でも、誰でも、どの民族でも、多かれ少なかれあるんじゃないかな。縁起をかつぐとか」

「その精霊とやらのために、家族や友達と別れて暮らしたり、仕事を辞めたりしなくちゃいけなくなったら？」

「そんな極端なのは、たまんないけど――」

茜はいぶかしげな顔で問い返してきた。

「どういうこと？　もしかして、マツリが？」

ゆかりはうなずいた。

そしてマツリが《はちどり》に精霊が乗っていると信じていること、その精霊をレミツ島へ案内しなければ、自分が身代わりになる気でいることを話した。

茜は眉をひそめ、戸惑いをあらわにした。

「そんな、迷信のために身代わりになるなんて！」

「それはそうなんだけどさ」

「野蛮な迷信なんか、さっさと捨てるべきよ。ましてや宇宙飛行士ともあろうものが、身代わりだなんて！」

茜は決然と眉をひきしめて、立ち上がった。

「前から一度言おうって思ってたの。今日こそは科学的合理精神をもって密林に理性の光を」

「まま、ちょと待て、茜」

「だって！」

「試験の問題じゃないんだから、間違ってます、そうですか改めますってわけにいかないよ」

「でも」

「本人はそう信じて生きてきたわけで、さくっと否定していいの？　マツリが急にシャーマンやめたら人格変わっちゃうよ？　マツリらしくなっちゃうよ？　それでいいの？」

「マツリらしく……」

茜は立ち上がったまま、考え込んだ。

その視線が窓の外に向いた。外は暗闇で、山の上のパラボラアンテナの赤い航空保安灯が見えるだけだった。しかし部屋の明かりを消して目を慣らせば、降るような星空が現れるだろう。

マツリは何を見ても何かの精霊に結びつける。

水平線上に昇ってきた月を見て、月の精霊が水浴びに来てるよと言う。

その光が波間に砕けるのをさして、月が子供を産んだよと言う。

雲を見ても、鳥を見ても、雨に降られても、マツリは陽気な顔で精霊のふるまいを語る。

それを蒙昧《もうまい》な迷信として切り捨てていいのだろうか。

茜が口を開いた。

「失敗するわけにいかないね」

「うん。私としては、絶対成功させなきゃって思いながらやりたくないんだけど」

「そういえばゆかり、会議でもそう言ってたね。そのあと気が変わったみたいだったけど」

「あ……うん、それはまあ、ちょっとね」

マツリが自分に術をかけてきた一件は伝えなかった。それはプライベートな事柄だと思えたからだ。しかし話せるだけのことは話した。茜はバックアップ・クルーとして管制室で宇宙との連絡役になるのだから――

「わかっててほしいんだ」

ゆかりは言った。

「マツリが、そういう気持ちでいるってこと。私もその気持ちを知ってるってこと」

「うん」

簡単な返事だったが、その澄んだ瞳を見て、ゆかりはこれ以上の言葉はいらないと思った。

ACT・7

窓外は成層圏の群青《ぐんじょう》に染まっていた。

ガルフストリームV――ゆかりたちが〝がるちゃん〟と呼んでいるSSAの連絡機は巡航高度一万三千メートルを維持し、北上を続けていた。

すでに生産終了となった機体ではあるが、プライベート・ジェット機界におけるハイエンドの座はゆるがず、一万キロを越す航続距離を誇っている。定期航空路の未整備なソロモン諸島にあっては、SSA幹部の海外出張の脚だった。

めざすは日本、相模原のJAXA宇宙科学研究本部。

六人掛けの対面シートに一人で腰掛けているのはゆかり。

突然こんなことになったのは、《はちどり》の計画主任《プロマネ》、本橋《もとはし》教授を説得するためだった。

話は前日に遡る。

ゆかりが所長室に呼び出されてみると、那須田が一人で待っていた。

「どうもね、君たちがやる気になっていたところで申し訳ないんだが、回収ミッションはキャンセルになったんだ」

「ええっ!?」

「本橋教授がこの話を断ってきたんだ。だから、マツリ君と茜君には君からうまく伝えてほしいんだ。テンションが上がってたところ、申し訳ないんだが――」

「なんで！　どうして断るんですか。費用こっちもちで、向こうは指一本動かさなくていいってのに！」

ゆかりが吠え終わると、部屋にキーンという残響が残った。

「いや、指一本動かさないわけじゃないんだ。満身創痍の探査機を誘導して直径百メートルの的に命中させなきゃいかんのだからね」

「でも、それくらい、やればできるんでしょ？」

「危険だっていうんだ」

「でも失敗したって、どのみち――」

「そっちじゃなくて、君たちがだよ」

那須田は言った。

「本橋教授といえば、宇宙研随一の切れ者だ。一晩で詳細にこっちのプランを検討して、君らにふりかかる致命的なトラブルの可能性を見つけてきた」

「どんな」

「大気圏のすぐ上で回転しているときテザーが切れて、オービターが地球に向かって飛び出した場合だよ。秒速五百メートルでね」

「その話は打ち合わせでも出たじゃないですか。大気圏突入開始まで二百秒あれば、なんとかなるでしょ」

「逆噴射、再突入姿勢、アンテナ格納、OMSエンジン格納、余剰燃料投棄を立て続けにやるわけだが、最悪の場合、大気圏内でそれをやることになる。高度百キロ付近だ」

「百キロなら、まだ空気、そんなにすごくないけど」

「体感的にはそうだろう。だが希薄な大気が秒速八キロ近い速度で衝突して、オレンジ色に発光しているレベルだ。窓から見えるだろ?」

「それは」

バックが暗いとそんな光が見える。なにかが燃えて光っているのではなく、原子状の大気が励起されるとかなんとか。

「わずかとはいえ、動圧や熱が加わる。そういう状態で再突入前の最もクリティカルな操作をやったことはないだろう――本橋教授はそう指摘してきたわけさ」

「でも……それって、どうなんですか」

「向井君に確認してもらった。問題ないと思うが、かなり慌ただしいことは確かだ、って返事だった」

「だったらいいじゃん。向井さんがそんな言いかたするんなら大丈夫ってことだよ。あの人なんでも慎重だもん」

「私もそう思うんだが、本橋教授としては認められないんだろう。私だってGOとは言いにくいんだぞ？」

「そう？」

「これまでも結構あぶない目にあってきたが、それは不測の事態だった。今回は打ち上げ前からわかっているリスクだ。責任者としては厳しい判断になるさ」

「でも私らが平気って言ってるんだから平気じゃん」

「そうはいかんよ。君ら未成年だしな。責任者ってのはそういうもんだ」

「うー」

しばらく、二人で唸《うな》る。

つまりは遠慮しているのだろう。ゆかりは思った。

　こちらの身の安全を案じてくれるのはありがたいが、すべてに大事を取っていたら宇宙飛行なんてできない。遠慮でミッションがキャンセルされてはたまらない——というか、何があってもやらねばならないのだ。マツリのために。

「がるちゃん空いてる?」

「がるちゃん? 空いてることは空いてるが——」

　那須田は目を丸くした。

「私、本橋教授に会って話つけてみる。私が直談判すれば考え変わるかも」

「いや、あの人は理詰めで攻めないとだめだろうし、というか……」

　那須田はいぶかしげな顔でゆかりを見上げた。

「馬鹿に積極的だな、ゆかり君?」

「へ?……いや、そうかな?」

「そうさ。先のミーティングでも、一度は否定的なことを言ったじゃないか」

「あ、あれはほら、わかってますよっていうサインで!」

「それにしても熱心だぞ。茜君がそう言うのならわかるが」

「あー、あの子は探査機フェチだもん。あははははは」

「君もフェチが染ったのか」

「まさか! でもほら、《はちどり》ってずいぶん頑張って地球に帰ってきたんだから、ここで何もしなかったら宇宙飛行士がすたるってね！」

那須田はなお、まじまじとゆかりを見ていた。

「え、えーと、変かな私。柄《がら》じゃない？」

那須田はゆっくりと首を横に振った。

「感動してるんだ」

「へ？」

「歴史に立ち会った気分だ。君がこんなに積極的になるなんてついぞなかったことだ！」

「そ、そうかな」

「よろしい、君の熱意を尊重しよう！　ガルフを出すから教授に会ってきたまえ！」

「あ……ありがと」

「頼んだぞ！　成功を祈る！」

那須田は自分で熱狂を再生増幅していくタイプの男だった。近頃ではゆかりもこの男の操縦法がつかめてきていたが、今回に関してはまぐれ当たりだった。

那須田はその場で本橋教授に電話してアポを取り、保安部の車を呼びつけてゆかりを滑走路に運ばせたのだった。

――そんなわけで、ゆかりはいつになく熱心に《はちどり》の報告書を読んでいた。

かなり難解だが、およその経緯はわかる。そして、いささか感動していた。《はちどり》のトラブルは目的地に着く前から始まっていた。太陽の巨大フレアで生じた放射線によって太陽電池の発電能力が低下した。そこで三基使っていたイオンエンジンを一基停止して航行を続けた。

小惑星マトガワを目前にして、姿勢制御用のリアクション・ホイールが故障した。これは独楽《こま》の反作用で姿勢を変える装置だ。代替手段としてスラスターと呼ばれる小型ロケットを使った。

だがスラスターでは精密な姿勢制御が難しかった。電波でさえ往復三十分かかる距離なので、地上からコマンドを送っていては間に合わない。

そこでメーカーの技術者がカメラ画像から姿勢を検出して自分で機体を誘導するプログラムを急遽組み上げ、アップロードすることで対処した。

小惑星にタッチダウンした後、このスラスターが燃料漏れを起こした。腐食性のヒドラジン燃料が盲腸炎のように探査機内部を洗ったらしい。《はちどり》は姿勢制御不能、通信不能、バッテリーは完全放電という致命傷を負って漂流状態に陥った。

交信を回復するためには、中利得アンテナが地球を向く必要があった。漂流開始時点ではアンテナは地球を向いていなかった。だが時間とともに自転軸や地球との位置関係が変化する。

運用チームは辛抱強く待ち、ついに交信が可能になる位置関係がめぐってきた。毎秒八ビットという超低速での通信が始まる。通信速度は送信出力に依存するからだ。根気よく対話を続け、《はちどり》の状態が明らかになった。

電源系、姿勢制御系統は壊滅していた。バッテリーも使えず、太陽電池でいま発電している電力しか利用できない。陰になったら即シャットアウトだ。

だがイオンエンジンは生きていた。これはイオン化した推進剤を電気の力で噴射するエンジンだ。イオンエンジンの電荷の中和に使うキセノンガスも残っていた。

キセノンガスは推力を生むために使うものではないが、ガスを放出すると微小な回転力が生じる。それを姿勢制御に利用しようという奇想天外なアイデアが実行に移された。

そしてついに《はちどり》は姿勢制御に成功し、イオンエンジンを始動して地球への帰還軌道に乗った。

不死身の探査機――人々は《はちどり》をそう呼んだ。

絶対にあきらめない、不眠不休の救出運用に人々は熱狂した。運用担当者の机にリポビタンDが積み上げられている画像が話題になり、それを知った大塚製薬が同じ製品を何箱も進呈して労をねぎらった。インターネットには《はちどり》を擬人化したイラストや漫画が大量に出回った。

だが、《はちどり》の不死鳥伝説もここまでだった。

漂流のあと、リチウムバッテリーが準短絡状態になって、どうしても充電できなかった。太陽電池は生きているが、その電力だけではサンプルを収めた再突入カプセルを切り離すシーケンスが実行できない。

カプセルは定められた姿勢で突入しなければ、熱防御もパラシュート開傘《かいさん》もできない。イオンエンジンとキセノンガスの制御で、地球近傍を通過することだけはできるのだが、それ以上はどうすることもできない。誰かが手をさしのべない限り。

いつのまにか、眼下の海が緑褐色に変わっていた。東京湾が近い。

木更津沖で旋回したガルフストリームVは羽田空港のC滑走路に着陸した。

「んー。東京の匂いだなー」

ランプに降り立ったゆかりは、そうつぶやいた。その主成分は車の排気ガスで、これに気づいたのはソロモン諸島から〝帰国〟するようになってからだ。

十一月の空気は冷たかった。機内に引き返し、ベージュのブレザーを取り出して袖を通す。

入国手続きを終えると、ゆかりはポーチとトートバッグをぶらさげて空港を出た。モノレールとJR線を乗り継いで相模原に向かった。

ACT・8

ＪＡＸＡ相模原キャンパス、宇宙科学研究本部——通称、宇宙研。

ここに来るのは、茜を巻き込んで自衛隊のヘリで金魚を運んで以来だ。

質素な建物だが、玄関ホールには歴代の人工衛星やロケットのミュージアム・モデルが誇らしげに展示されている。最小の予算で最大の成果を上げてきた機関だ。階段を上がり、本橋教授の部屋を探す。

ノックしてドアを開けると、部屋の主は奥の机でパソコンに向かっており、横顔を見せていた。五十代、銀髪で端整な顔立ちに銀縁眼鏡。黒いタートルネックのセーターを着ている。

「はいはい——おや」

区切りがつくまでキーボードを叩いてから、男はこちらを向き、ちょっと驚いた顔で立ち上がった。

「ほんとにみえたんですね。困ったな。宇宙飛行士の、ええと——」

「森田ゆかりです」

「どうぞ。中へ」

細長い部屋で、両側に書棚と机があり、中央に細長いテーブルがある。本橋教授は手近な椅子を引き寄せて、座るようにうながした。湯沸かしポットから急須に湯をつぎ足し、ふぞろいな湯飲みを二つ選んで茶を注いだ。

「すみません、急に押し掛けちゃって」

「いや、そうじゃなくてね。今朝、那須田さんから電話があって、半信半疑だったんです。この時間に着いたってことは、SSAのジェット機で飛んで来られたんでしょう」

「はい」

「何百万かかるか知らないけど、それでゼロ回答じゃあんまりだってね」

「ゼロ回答なんですか」

「僕の気が変わらなければね」

無駄話をしない人だな、とゆかりは思った。

「危険だから、ってことですよね」

「そう。おさらいしようか？」

「いえ、それについては所長から聞きました。でも私は、それくらいなら平気だって思うので。ちょっとイレギュラーだけど大丈夫だから、あきらめることないって」

「あきらめる、か」

本橋教授は湯飲みを口に運んだ。

「あきらめずにやりたいということなら、最終的にはいちかばちか、リチウムバッテリーの破裂を覚悟で充電してみるつもりだ。そちらに回収してもらう場合、それを試みずに軌道制御に専念することになる。ひょっとしたらすべて自力でやれるかもしれないのにね。わかるかな？」

「はい。でも絶望的ってニュースで」

「報道発表は報道発表さ」

「すべて自力でやることより、サンプルの回収が大切なんじゃないですか」

「《はちどり》が工学試験衛星だというのは知ってるかね」

「ええと、はい」

言われてみれば、さっき読んだ報告書にそんな言葉が出ていた。さっぱり注意を向けていなかったが。

「工学試験衛星の主目的は新しい技術がどこまで有効かを実証することだ。小惑星を探査したりする、サイエンスの仕事は付録でしかない」

「いないんですか？　小惑星のサンプルを待っている人」

教授はつかのま、視線を宙に泳がせた。

「いるよ。しかしサイエンスのグループとは長いつきあいだからね。こうしたケースでの対応については、よく理解してもらっているよ」

長いつきあいか。そういえば茜が言っていた。《はちどり》も構想段階からここまでに十五年かかっている。

「すでに後継機の製作が始まっている。これはもはや試験衛星じゃなく、本物の惑星探査機だ。もちろんサンプルリターンが最優先の課題になる。君たちが負うリスク、工学試験衛星としての使命を全《まっと》うさせること、《はちどり》がすでに大きな成果を上げていること、それから——僕の意地も少しはあるかな。諸々の事柄をトータルに判断すると、SSAのオファーはお受けできない。そう結論せざるを得ないね」

これにて一件落着という口調で、本橋教授はしめくくった。

「そうですか……」

完敗だな、とゆかりは思った。ここに来るまでずっと《はちどり》の回収を慈善事業みたいに考えていた。こちらの身の安全を思って遠慮しているだけで、内心はそうしてほしいにちがいない、と。

「わざわざ来てくれたのに、つれない返事しかできなくてすまなかった」

「いえ」

ゆかりは悄然と腰を上げた。

「気持ちはうれしいんだ。ありがとう」

「いえ」

ドアに向かって三歩歩いたところで、ゆかりはふと立ち止まった。

気持ちはうれしい？　ありがとう？

ちがう。

こんな形でしめくくられちゃたまらない。

ゆかりは教授のほうに向き直った。

「ちがうんです」

「ちがう？」

本橋教授は片眉を上げた。欧米人との交流が多いせいか、しぐさもどこか欧米風だ。

「お礼なんて言われる話じゃないんです」

「どういうことかな？」

「あれを、待ってる子がいて」

「待ってる子？」

おうむ返しに言って、教授は首を傾げた。

そう。それもサイエンスの対極に位置する理由で。

「こっちが手伝うって話じゃないんです。あのサンプルが要《い》るから、協力してほしいんです。お願いしますっ！」

ゆかりは両腕を下に伸ばし、腰で体を折って深々と頭を下げた。髪がどさっと顔のまわりを覆う。いまどきの娘にとっては土下座に等しい行為だったが、体がそう動いていた。

礼儀知らずの学生に慣れている教授も、それを奇異に感じたらしい。

「不可解だね。どうにも」

「不可解です、私も！」

ゆかりは顔を上げ、いま見せた礼節をリセットして教授の前にずいずい進み出た。

「お時間いただけますかっ！」

「あ、ああ……」

「話聞いてほしいんです！」

「はい、はいはい……」

必死の形相に圧倒されて、とりあえず教授はうなずいた。

「なんてか、科学的じゃないです。でも本人が信じてるから、それはあるわけで」

「話が見えないんだが」

「前置きですから！」

「では本論をたのむ」

「とですね——ええと——つまり——」

こんどはゆかりが頭を抱えた。

「病気の子がいて、大きな手術の前で弱気になってて、たまたま出会った野球選手が今晩僕が必ずホームランを打つから君もがんばれ、みたいな？　ドラマで！」

「たとえ話かな？」

「ホームラン打ったって手術とは関係ないじゃないですか。でもその子にとっては大ありなわけで！」

「本論は」

「だからっ、《はちどり》がそういうことになっており！」

本橋教授はぽかんと口を開けた。

「《はちどり》がホームランに？」

「です！」

「地球到着までまだ四十日あるわけだが」

「だからたとえですってば！　四十日後に小惑星のサンプルを地球に軟着陸させないと、その子は悪霊の生け贄になっちゃうんです！」

本橋教授はぽかんと口を開き、目を白黒させていた。

ACT・9

ソロモン宇宙基地、SSA所長室、午後四時。

「すべてGO？　これから教授を拉致《らち》って帰る？　そんな強引な……そうか……うむ……承知した。しかしどうやって──」

言い終わる前に通話が切れた。受話器を置くと、那須田は木下を部屋に呼びつけた。

「《はちどり》回収ミッションはGOだ」

「ほんとですか」

「ゆかり君が本橋教授を説き伏せたんだと」

「本橋さんを？　どうやって？」

「わからん。とにかく同意を得て、しかもガルフでいっしょに帰るっていう」

「信じられないな。本橋さん、意志は固いように思ったんだが……」

木下はしばらく考えて、付け足した。

「魔法でも使ったか？」

「魔法のひとつやふたつ持ってるかもしれんな。女子高生だからな」

その夜、ソロモン基地の滑走路にガルフストリーム機が着陸してみると、そこには確かに本橋教授が乗っていた。機を降りた教授は、無数の昆虫が舞い踊るナトリウム灯と、その向こうにある深い闇を見回した。そしてゆかりに「近くに悪霊はいるかね？」と訊ねたのだった。

翌朝から、向井、木下、本橋教授と宇宙飛行士三名をまじえて、ミッションの具体的な検討が始まった。ホワイトボードに難解な数式が書き連ねられ、向井が片っ端からシミュレーション・プログラムに反映させては実行してゆく。

本橋教授によると、《はちどり》の最終的な誘導は月軌道のあたりから始めるという。

地球到着の二十時間前にゆかりたちが打ち上げられ、高度三百五十キロの低軌道で回収準備を始める。テザーを展開し、三百秒周期の回転を与えたところで両者の軌道の微調整にかかる。そこから両者が出会うまでに四時間あるが、その間に《はちどり》は十五万キロを旅し、オービターは地球を二周半し、テザーはオービターのまわりを四十八周する。それが最終的にどんぴしゃりのタイミングで半径十メートルの的に命中しなければならない。

この途方もない複雑さを悟ると、ついには茜まで溜息をもらした。

「できるんでしょうか。この高度だと大気の影響も出てきますよね……」

「こんな曲芸をしなくていいように、僕は無人の『深宇宙港』というものを提唱してるんだけどね」

本橋教授が言った。

それは地球・太陽のラグランジュ2地点に置かれる宇宙ステーションだった。帰還した惑星探査機は深宇宙港でサンプルを渡し、そこから地球までは別の輸送機がサンプルを運ぶ。こうやって役割分担すれば、飛行領域に応じて最適な設計ができる。惑星探査機はそこで燃料の補給を受けて、さらなる探査に向かうことができる。地球の重力井戸の外にあるので、発着に要するデルタVも小さくてすむ。

「……だが、ないものねだりをしても仕方がない。今回はやるしかないね」

「すっかり乗り気になられたようですね」

木下が言った。

「まあね」

本橋教授はそう言って、ゆかりをちらりと見た。あの話は二人だけの秘密だった。

「だがこうして検討するうち、ますますやる気が出てきたよ。これは技術試験衛星としても最高度の挑戦になるだろう」

「としても？」

「も」にアクセントを置いて、木下は問い返した。

「いやなに、科学衛星としての役割もあるから」

「ああ、そういうことですか」

本橋教授は真顔のままだったが、ゆかりには、彼がちろりと舌を出したような気がした。

だが雑念のようなものが見えたのはそのときだけだった。検討作業が再開すると、教授は驚くべき集中力をみせた。両手で頬杖をついて考え込んだり、立ち上がってホワイトボードを小突いて議論を戦わせたりした。

ゆかりはときどき、マツリの様子をうかがった。

今回はずっと神妙な顔で耳を傾けている。どこまで理解しているのかわからないが――いつもなら居眠りしたり、脳内で鳴っているらしい音楽にあわせて手足でリズムを取ったりするところだ。


二日目になると、ミッションの全容が固まってきた。結局、宇宙飛行士に特別な作業はほとんどなかった。所定の軌道に乗ったらシーケンサーのスイッチを入れるだけだ。あとは地上からアップロードされたプログラムをコンピューターが実行してくれる。

なんでも機械でやろうとするのは本橋教授の思想の反映だった。なにしろ三億キロ離れた小惑星に自律的にタッチダウンしてサンプルを採取するロボットを作った人物だ。

それゆえ、たびたびこんなことを言われている。

「本橋先生、そこは彼女たちにまかせていいですよ」

協議の結果、《はちどり》を捕獲する作業は宇宙飛行士が遠隔操作することになった。

近づいてくる《はちどり》をハイビジョン・カメラで観察して投網《とあみ》のようなものを投射するのだが、これを地上からやると一秒かそこらの時差が問題になる。音声とちがい、精細な映像データを地上に送るのも容易ではない。今回は全体が回転しているから、常時アンテナを中継衛星に向けていられるわけではない。キャプチャーとオービターの間なら、位置関係は変わらないから安定して通信できるし、時差もゼロに等しい。

ゆかりたちはシミュレーターで訓練を開始したが、感覚的には宇宙ステーションへのドッキングに近かった。打ち上げ時点ではキロメートル単位、軌道変更ではメートル単位、そしてドッキング直前はセンチ単位で船を操るのだが、今回は何もない空間で同じことをするわけだ。

基本的なハードウェアはすでにできており、《はちどり》を捕獲する装置も手持ちの装置の改修ですみそうだった。一週間目にはおよその目処《めど》が立ったので、本橋教授は帰国することになった。

ゆかりは飛行場まで教授を送った。

「まきこんじゃって、すみませんでした」

「いや、僕は楽しんでるから。ここはいい処《ところ》だね」

「そうですか」

「宇宙研が東大にあった頃の雰囲気に似てる。個人主義が尊重されていてね。それでいて団結するときはがっちり団結したもんだよ」

「へえ」

「君がマツリ君のことを話したとき――戸惑いもしたんだが――そのことを思い出したんだ。人ひとりの願いを叶えられなくて、何が宇宙開発だって思ってね」

そう言って本橋教授はラッタルを昇り、機内に消えた。

ACT・10

《はちどり》が月軌道を横切った翌日の朝。

ゆかりとマツリは鳥かごのようなエレベーターで射座整備塔に昇り、ボーディング・ブリッジを渡った。

今回のロケットはハイブリッド・エンジンを持つLS－6に固体ブースターを四基とりつけた増強バージョン。

オービターは二人乗りのマンゴスティン。並列席の左にゆかり、右にマツリが座る。後部中央は三人目の席を取りつけることもあるが、今回は貨物スペースになっていた。いずれにしても、すし詰めもいいところで、飛行士の小柄な体格とスキンタイト宇宙服の恩恵がなければ、席を代わることすら不可能だろう。

ゆかりはオービターの運行全般を受け持ち、マツリは主にミッション機器を受け持つ。

カウントダウンはよどみなく進み、午前七時二十一分、LS-6は轟音とともに熱帯の空に突き刺さった。ICBM並の小型ロケットはスタートダッシュから猛烈に加速する。

「くううう……」

「ほいいいい……」

SRBの分離で振動はいったん和《やわ》らぐが、Gのピークはこの後だ。燃焼終了間際のロケットは出発時の数分の一の質量になる。エンジンの推力は変わらないから、Gは数倍になる勘定だ。もちろん、スロットルが効くのがハイブリッド・エンジンの長所だから、最終段階では推力を絞る。だがロケットの打ち上げは「細く長く」より「太く短く」加速すべきなので、あまり乗員をいたわってはくれないのだった。

その荷重がふいに消滅した。メインブースター燃焼停止。

いつもなら直後にメインブースターを切り離すのだが、今回はまだ仕事がある。

「メインブースター、アイドル燃焼モードに移行」

燃焼は完全に終わっていない。種火だけ残して遠地点まで慣性飛行し、そこでもう一回噴射する。いつもならオービターのOMSエンジンでやる作業だ。だが、今回はオービターとメインブースターの間に貨物パッケージを積んでいる。それをオービターの船首に移すまではOMSを噴射できないのだった。

「アンテナ系展開」

「ほい」

ローゲイン・アンテナ展開。ハイゲイン・アンテナ展開。ＡＴＲＳ捕捉。Ｓバンド・データリンク確立。今回は大盤振る舞いでＮＡＳＡのデータ中継衛星の回線を借りっぱなしにするので、音声でなら軌道のどこにいてもソロモン基地と通信できる。

「こちらマンゴスティン、ソロモン基地応答願います」

「こちらソロモン基地、クリアにリンクしてます」

茜の声が返ってくる。応答にわずかな間が入ることで衛星中継に切り替わったとわかる。

半時間ほどの慣性飛行の後、再び体がシートにめりこんだ。噴射はすぐに終わった。

「メインブースター、アポジ噴射完了。燃焼停止」

固体燃料のくすぶりが止まるまで待ってから、メインブースターを分離する。

「メインブースター・セパレーション。続いてキャプチャーの移動いくね」

「ソロモン基地了解。時間はたっぷりあるから、落ち着いて」

「マツリ、遠隔《R》操作《M》アーム《A》セットアップ」

「ほい」

マツリがＲＭＡ操作用の操縦桿をアームレストの前に引き出し、右手を添えた。左手で起動スイッチを入れる。

ゆかりは操縦系をローテーション・モードにして、船を百二十度ほど回転させた。窓にメインブースターがめぐってきた。大きな煙突を覗き込んでいるようだった。

「ライトつけるね」

マツリがRMAについたフラッドライトを点灯すると、煙突の中に白いブランケットで包まれた貨物パッケージが浮かび上がった。

「ほいゆかり、もすこし近づいて」

「らっじゃー」

電磁弁がコンマ何秒か開き、バーニア・スラスターが閃く。パン、と乾いた噴射音がキャビンに響いた。

船はじりじりと距離を詰め始めた。

「いいね。ではやるよ」

マツリはRMAを巧みにあやつって、アームの先端を貨物パッケージの把持《はじ》金具に寄せてゆく。

「ほい、つかんだよ。ロックオン」

「貨物パッケージ開放――確認」

ディスプレイに応答があったので、ゆかりはスラスターを噴かしてオービターを後退させた。

「ソロモン基地、こちらマンゴスティン。貨物パッケージ引き出し完了。いまマツリが船首ジョイントに移動させてる」

『ソロモン基地了解。マツリ、落ち着いて』

「ほい、落ち着いてるよ。あと少しだね」

貨物パッケージはかなり大きくて、直径はオービターとほぼ同じ、長さは三分の一くらいある。質量はしれているが、RMAの関節が動くと反動でオービターも回転するのがわかった。

「ほい、できたよゆかり」

「よし。ジョイント固定。貨物パッケージ移動完了」

『こちらソロモン基地。マンゴスティン、メインブースターとの距離は？』

「ええとね……ああ、もうずいぶん遠くにいるよ。五百メートルくらいかな」

『じゃ予定通りレトロモーター点火していいかな？』

「うん、やっちゃって」

今回はメインブースターも軌道に乗ったので、そのままではスペースデブリとしてしばらく居座ってしまう。そのため逆噴射《レトロ》モーターで軌道を離脱させ、大気圏内で燃やして捨てる段取りだった。

まもなく、メインブースターの側面二箇所から緑味をおびた燃焼ガスが噴き出した。ブースターはゆっくりと下方に離れていった。

「さてと、こっちもトランスファーだね」

「ほい。チェックできてるよ」

「手回しいいね。じゃOMS噴射シーケンス始動――OMS伸展確認。AUTOモード」

「ほい、グリーンだね」

OMSエンジンが点火した。体がシートにめりこむ感覚がしばらく続き、高度四百キロの円軌道に遷移する。

ゆかりは新しい軌道の測定値を見て驚いた。

「すごい。誤差たったの十四メートルだよ」

ATRS――発展型トラッキング&データ中継衛星――は日本、欧州、インドが国際共同で打ち上げた四機編成の地上・軌道間通信システムだ。高度一万キロの高軌道を周回し、ユーザー側の衛星にATRS対応のトランスポンダが積んであれば自動的に位置を一メートル以内の誤差で割り出し、通信があれば地上に中継してくれる。向井が《はちどり》回収を思い立ったのも、ATRSあってのことだという。

返事がないので、ゆかりは隣を見た。マツリは天井部分――といってもほんの二十センチほど先だが――の窓を見つめていた。南大西洋の青い海面と、綿くずのような雲がスクロールしていた。

「マツリ、調子はどう?」

「ほい、絶好調だよ！」

マツリはこちらを向き、いつもの笑顔になって答えた。

ゆかりは心の中で唱えた。マツリ、グリーン。

軌道を二周してポジショニングが完璧になると、いよいよテザー展開フェイズが始まった。船首を軌道後方に向け、キャプチャーをウォームアップ。セルフチェック。

キャプチャーの三箇所に取り付けられたカメラから映像が届いた。計器盤の液晶ディスプレイに表示する。そのひとつには地球の昼半球が映り込んでいたが、露光オーバーで真っ白になっていた。

「目視チェック。異常なし……に見えるけど」

「ほい、よさそうだね」

「じゃこのステージはクリアだ。あとはおまかせモードで、と」

シーケンスを次に進める。

予定の時間が来て、貨物パッケージからキャプチャーが音もなく発進した。それは軽金属の担架を二つ重ねたような物体で、その間にさまざまな機器を組み込んである。

キャプチャーはタングステン合金を編んだ五十メートルの耐熱ラインを従えていた。そのあとに全長二百キロメートルのテザー本体が結ばれている。

ゆかりは窓に顔をこすりつけるようにして、船首の貨物パッケージを観察した。ブランケットに隠れて見えないが、中にはドーナツ状に巻き束ねたテザーがある。荷造り用の紐と同様、内側からテザーが繰り出される仕組みだった。

キャプチャーは自律制御で小刻みな噴射を繰り返しながら離れていった。その速度はやがて時速七十キロに達し、小さな光点になった。手元のテザーは縄跳びのように旋転しながら繰り出され、蛇のようにうねりながら虚空に消えてゆく。

軌道速度が減じているので、キャプチャーは遠ざかるとともに降下していった。軌道力学の教科書どおり、高度が下がると速度が増え、キャプチャーはこちらの下方を通って軌道前方へ移動してゆく。位置エネルギーと運動エネルギーの交換だ。

三時間後、計器がビープ音をたてた。全長二百キロのテザーが伸びきったのだった。

船体が、つい、と引かれるのを体で感じた。

「いまのは？」

「ほい、コンマ四メートル増速したね」

マツリが加速度表示を読んだ。

「あ、手順書に書いてあった。これも計画値か。よしよし」

「目視チェックするね」

マツリがキャプチャーのカメラを遠隔操作して、周囲を確かめた。キャプチャーの本体、その中央からリボン状のショックコードが虚空に立ち上がっている。別のアングルでは青い地球が見えた。

「いいね」

地上との通信リンクが確立しているのを確かめて、ゆかりは無線機のトークボタンを押した。

「ソロモン基地、こちらマンゴスティン。テザー展開、目視チェック完了です」

『了解。そのままスタンバイしていて。いま相模原で本橋教授が《はちどり》の軌道を微調整してるから』

「マンゴスティン了解」

半時間ほどして、ソロモン基地から連絡があった。

『《はちどり》の軌道修正が完了しました。シーケンサーに最新のプログラムをアップロードしますね』

「了解——あ、来た来た」

『タイミングの修整量は一秒以内です。まもなく回転運動に入ります。落下物がないように点検してください』

「了解」

二人で浮遊物を点検する。キャビンエアの吸い込み口に張りついていた手順書を、計器盤の下にベルクロで留める。

「キャプチャー、周回エンジン点火まで三十秒」

「見えるかな？」

キャプチャーは小さな物体だが、秒速四・二キロの増速をするからにはかなりの噴射になるはずだ。ゆかりは窓に顔を寄せた。

オービターは地表に対して背面飛行の姿勢になっている。パナマ地峡と南北アメリカ大陸、白雲をちりばめたカリブ海が広がっていた。ショックコードとテザーが地球に向かって伸びているが、肉眼で見えるのはほんの二十メートルくらいだ。

「ほい、そろそろだよ。十、九、八、七——」

マツリがカウントダウンする。ゼロの声と同時に、紺碧の海にチカリと閃光が灯った。

「光った」

光点はゆっくりと動き始め、地球の縁をまたいで宇宙空間に泳ぎだした。炎は黄色く、絹のヴェールのようなガスの傘をしたがえていた。それから炎は、ふっと消滅した。

「こちらマンゴスティン、周回エンジン燃焼終了を眼視確認——おっと、いま船が動きました。ひっぱられてます」

船の前方に浮かんでいたショックコードがぴんと張り、船体が音もなく回転しはじめた。

自転周期は三百秒。

遠心力——回転によって受ける加速度は微々たるものだが、スラスターの噴射とちがって、ずっと持続している。

『マンゴスティン、こちらソロモン基地。キャプチャーが回転運動に入ったのをテレメトリで確認しました。すべて計画値です』

「了解。こっちでも弱いGを感じてる」

『《はちどり》はいま二万五千キロ地点、コンタクトまで三十六分。それまで何もしなくていいです。オービターを揺すらないようにね』

「了解、ソロモン基地」

通信を終えると、ゆかりは言った。

「なにもするなってさ」

「ゆかり、灯りを消していい？」

マツリが言った。

「いいけどなんで？」

「精霊の声を聞くよ」

「そっか」

まわりは真空だというのにどんな声が聞こえるというのだ――とゆかりは思ったが、好きにさせる。

「窓のシャッターも閉める？」

「ほい、そこは開けておいて」

「ほいほい」

キャビンの照明を消し、液晶ディスプレイの輝度を絞る。

青い地球光と、まばゆい太陽光が五分周期で窓から差し込み、狭苦しいキャビンの中を這ってゆく。

マツリは目をつむり、普段なら緩みっぱなしの口元を結び、身じろぎもしなかった。両手は胸の前に浮かせて、指をからめるようにしている。

タリホ族の村の一角にある精霊の家——合掌造りみたいな急傾斜の屋根のある高床式の小屋——に籠もるときも、マツリはこんなことをしているのだろうか。

そう思うとちょっぴり敬虔《けいけん》な気持ちになったが、沈黙が苦手なゆかりは五分ほどでしびれを切らした。

「どう、なんか聞こえた？」

「ほい」

マツリは瞼《まぶた》を開くとこちらを向いて言った。

「近づいてくる精霊がいるよ」

「どんなやつ？　レミソの精霊と相性よさそう？」

「たぶんうまくいくね。とてもさびしくしてる。昔、精霊のすみかの星が別の星に近づいた。精霊は相方ができたと思って喜んだけど、ふたつの星はぶつかってひとつになった。精霊もまじりあってひとつになったので、やっぱりさびしいままだったというよ」

「ふーん……」

ゆかりは適当に相づちを打った。そういえばなにかの番組で、岩塊がどんどん合体して小惑星に成長するアニメーションを見たことがある。衝突しても砕けたり弾《はじ》けたりせず、粘土のようにくっつくのが奇妙な感じだった。あれは、ラブルパイル構造だったか。ばらばらの岩石が弱い重力でひとまとまりになっているという。

「精霊は壊れ物《フラジャイル》だよ。簡単に違うものになってしまう。だから地球にぶつけてはいけない。そっと降ろしてやるね」

「そうなんだ」

問題なさそうだ、とゆかりは思った。このミッションの目的は《はちどり》をやんわりと受け止めて、そっと地球に降ろしてやることだ。それと食い違いがなければ、マツリがどんなビジョンを持っていようとかまわない。

『マンゴスティン、こちらソロモン基地。《はちどり》とのランデヴーまであと十分です。いま七千キロ地点まで来てます。最終調整に入ります』

「マンゴスティン了解」

キャプチャーからのテレメトリとカメラ映像を一瞥する。

「全装置正常です」

『修正データをアップロードしました』

「アップロード確認。えーと、Z軸にプラス五・四センチの加速か」

『その通りです。オービターは何もしなくていいですから』

「了解」

ランデヴーのチャンスは一度きりだ。逃したら《はちどり》は惑星間空間に投げ出され、生きているうちに地球に近づくことはないだろう。それはマツリがソロモン基地を去ることを意味する。

ゆかりは緊張を覚えたが、ランデヴーは二百キロ先の自動装置が行うことだし、こちらにできるのは計器を見守ることだけだ。することは何もなく、いささか気持ちが空回りする思いだった。

五分前。テザーがもう一回転したとき、キャプチャーのすぐそばを《はちどり》が通過するはずだ。

キャプチャーのネット投射装置の脇についたハイビジョン・カメラを地球方向に向ける。《はちどり》は地球大気をかすめるようなコースで飛来する。キャプチャーは《はちどり》のコースに接するように円周上を移動し、《はちどり》が大気に飛び込む直前にすくいあげる。

「ほい、来たよ、《はちどり》が這っているね」

「どこ？」

「ここだよゆかり」

マツリがディスプレイを指さした。青い太平洋――キリバスのあたりか――をバックに、なにかキラキラしたものが動いている。大気圏内を動くものは、この距離ではすべて静止して見える。この光点は宇宙空間にあるものだ。

マツリはジョイスティックでカメラの向きを変えて、光点を視野の中央に持ってきた。

「光学追尾、ロックオンするね」

「他の人工衛星ってことはない？」

「まちがいないよ、これは《はちどり》だね」

カメラを望遠にすると、二枚の太陽電池パドルと、その間にある四角いボディが見えた。

「うん、そうだね」

ゆかりはソロモン基地に《はちどり》の視認を報告した。

カウントダウンクロックを見る。ランデヴーまで七十秒。

光学測距《そっきょ》の表示がディスプレイに現れた。あと八百メートル。その数字は刻々と小さくなってゆく。レンズを標準に切り替えたが、それでも本体の上のメッシュ・パラボラアンテナが識別できた。本体を包む板チョコの包み紙のようなサーマルブランケットがきらきらと輝いている。

マツリがネット投射ボタンの透明カバーを開いた。フィンガーガードに指をかける。

「距離二百メートル。まだだよ」

「ほい、こわくないよ」

マツリの横顔を、目の端でとらえる。マツリの視線はディスプレイに注がれていたが、何に呼びかけているかはわかった。

「百メートル。まだ接近中」

「そのままくる。こわくないよ」

「五十メートル。まだ接近中」

「よくきた、よくきた、そのままそこにいて」

「四十……三十……まだ寄ってる……二十五、二十四、二十三……いま！」

言い終わる前に、マツリはボタンを押していた。

ケブラー繊維を編んだ投網が、円形に回転しながら広がってゆく。

それは音もなく《はちどり》を覆い、さらにその先へ進んだ。直後、高速のウインチが作動して朝顔の花のように開いたネットを絞った。《はちどり》は捉えられたが、なおも本来のコースで飛ぼうとする。ネットはその慣性で、石ころを入れたストッキングのように緊張した。

「ほい、つかまえたよ！　精霊は元気にしてる。うまくいったよ、ゆかり！」

「やたっ！　マツリ、グッジョブ！」

ゆかりはマツリと腕を絡めあって喜んだ。それからソロモン基地に連絡した。

「こちらマンゴスティン、《はちどり》を捕獲。マツリが《はちどり》をつかまえました！」

それからすぐ、ゆかりはGを感じた。体がシートに沈む。計器盤にむすびつけたタリホ族のおまもりがぴんとぶら下がった。Gは弾力的に変化したが、徐々にその振幅を狭めていく。

「いまオービターが引っぱられました。ええと加速は……一・〇Gで落ち着いた」

『おめでとう、マツリ、ゆかり。テレメトリもすべて計画値です。大気制動が終わるまで、しばらくこらえなきゃいけないけど』

「マンゴスティン了解。平気だって。地上と同じ重力だもん」

二百キロのテザーを介して回転するオービターと《はちどり》の回転中心は、オービターから三十キロの地点に移った。この位置を基準に考えると、近地点高度三百二十キロ、遠地点高度二千四百キロの楕円軌道に乗ったことになる。

これから軌道五周をかけてエアロブレーキングする。終了まで約八時間。しばらくは一Gの遠心力を背中に受けて過ごすことになる。

「よし、いまのうちにメシにするか」

「ほい！　おべんと、おべんと、楽しいねえ！」

《はちどり》の捕獲に成功して、マツリは見るからにリラックスしていた。

ゆかりたちの要望が叶ったのだが、SSAのミッションにおいては、打ち上げて最初の食事はいわゆる宇宙食ではない。NASAのようにHACCPシステムで厳重に管理する制度もないので、普通の食事を取ることになっている。今回はまだほんのりと温かい天津飯店の特製弁当だった。斑麗《はんれい》の字で「ゆかりさんえ」「マツリさんえ」とサインペンで書いてある。

「おー、いいねいいねえ」

パッケージを開いたゆかりは顔をほころばせた。中には蝦《えび》ギョウザやシュウマイ、固めに作った杏仁豆腐などが詰まっていた。

ドリンクはプラスチック袋に入ったココナツミルクで、小さなタピオカの粒が入っている。宇宙食用の飲み口つきチューブに入っているが、これはSSAが天津飯店に提供しているものだった。店ではちゃっかり土産物として宇宙ドリンクを販売している。

「しまったなー」

ゆかりは舌打ちした。

「考えてみたら宇宙で重力があるミッションって初めてじゃん。だったらこんな味気ないチューブじゃなくて、飲茶《ヤムチャ》セット持ってくれば！」

「ほい、ゆかり、こんなこともあろうかとマツリは用意していたのだよ」

「え？」

マツリはシートの下から手品のように三つの容器を取り出してみせた。

急須、湯飲み、ビニール袋に入れたウーロン茶葉。カーバッテリーで使える中国製の電熱ポット。

「どうやって、いつの間に」

「魔法だよ、ゆかり。魔法を使う」

「それは使っちゃだめって――」

「平和利用オーライね。ゆかりはいらない？」

「いるけど」

「でもポットの電源がわからないよ。ゆかりたのむね」

「よし、まかせて」

電熱ポットの電線の先は自動車のシガーライター・ソケットを使う仕様だった。

「十二ボルトか。ってことは――」

ゆかりはサバイバルキットからマルチツールを取り出した。電線を途中で切り、被覆《ひふく》を剝いた。

それからヒューズパネルのカバーを開く。

「十二ボルト電源A系統――まてよ、これ使うとテレメでばれるな」

「ほい？」

「普段より多く電流流れたら地上が怪しむじゃん。ここはC系統の予備バッテリーを使うべし」

手際よく電線をターミナルに結ぶ。

「よしできた」

「ゆかり、グッジョブね」

マツリは膝に私物入れのケースを載せてポットを置き、飲料水のチューブから水を注いだ。スイッチを入れるとパイロットランプが灯り、すぐにコトコトと音をたて始めた。

五分周期でサーチライトのように差し込む日照が、立ちのぼる湯気を白く輝かせる。

茶葉を入れた急須に湯を注ぐと、鉄観音の香りが狭いキャビンに広がった。

「ほー、天津飯店の匂いするね」

「だねー」

お茶をすすり、点心をつまむと、ゆかりは満ち足りた気分になった。

「こうやって食べてると、なんかシミュレーター訓練みたいだよね」

「ほい、それあるねえ」

地上でも考えることは同じだ。時には数時間にわたって缶詰になるシミュレーターの中で、娘たちは秘密の間食にトライし続けてきたのだった。

「さつきさんにさー、歯に青海苔《あおのり》ついてるわよって言われたときはびびったよねー」

「ほい、マツリはドリアン食ってたら排気ダクトから臭いがばれてど叱られたよ」

と、その刹那《せつな》。

『こちらソロモン基地、マンゴスティン応答願います』

無線機から医学主任・旭川《あさひかわ》さつきの声がして、二人はとびあがった。

「はいはいっ、こちらマンゴスティン、感度良好」

『回転運動に入って一時間になるけど、気分はどう？』

「あ、至って快調ですです、どうぞ」

『お弁当食べた？　食欲はある？』

「そりゃもう、デザートがあったらいいなーなんて言ってたくらいで。てへ」

『そう。ならいいけど、あんまりはしゃいじゃだめよ』

「まっさかー。そんな子供みたいなことしませんてぇ」

『コリオリ効果で酔っちゃうかもってこと。なるべく頭を動かさないようにしてるのよ？』

「了解。気をつけまーす」

『長丁場なんだから、おトイレも我慢しないこと。二人でヘルメットかぶってやれば臭わないでしょ？』

「んなこと無線で言わなくても」

「そう？　じゃあがんばってね」

そしてふと思った。

医学主任のさつきさんがあれこれ気遣うのは当然ともいえるが、マツリもミッションのこの部分を正しくイメージしていたのだ。回転重力がかかり、普通の電熱ポットで湯が沸かせることを。急須でお茶を淹《い》れられることを。

ときどきすごいよな、この子は……

あらためてマツリを見ると、ケチャップのボトルを逆さにしてシュウマイに垂らしていた。

……味覚も。

ACT・11

《はちどり》が高層大気圏に接するたびに、テザーの回転は遅くなっていった。その抗力は二百キロ離れたオービターにも伝わってくる。遠心力は周速度の逆二乗で減じるので、軌道三周目にはほとんどGを感じなくなった。

もう飲茶を楽しむわけにはいかない。第二食はレトルト容器に入ったカレーとパン、味の濃いオレンジジュースになった。

五周目、テザーの回転は停止し、楕円軌道はもとの円軌道に戻った。空気抵抗と潮汐力によって《はちどり》はオービターの下方、やや後方にたなびいている。

カイトの展開作業のため、オービターは短い噴射をして、軌道高度を二十キロ持ち上げた。

「こちらマンゴスティン。えー、いまオレンジ色のバーが膨らみ始めました——早っ、もう展開終わり？　ぽんって三角に開いた。すごい、簡単じゃん？」

なんのかの言っても素子さんて偉大だ。

クリアオレンジに着色されたロガロ型カイトは直射日光の中でゆらめいていた。紫外線によって各部が硬化したのを見計らって、それぞれのバーにあるガス抜き孔を火薬で開いた。

カイトの膨張に使われたガスは真空よりわずかに高い密度しかない。そのままでは降下して大気圧が上がったとき、潰れてしまう。自由に外気が入れるようにするための通気口が必要なのだった。

「カイト形状、正常。曳航モード、姿勢正常。すべてオッケーです」

三角の頂点にラインを結んで牽引しているような形になったのが、ハイビジョン映像で確認できた。この状態では揚力は生まれない。カイトには枝分かれした多数のラインが結ばれているが、頂点にあるライン以外はすべてたるんでいる。

『了解しました。最終シーケンスをアップロードします。そちらも帰還準備に入ってください』

「マンゴスティン了解」

順調ならキャプチャーのウインチが作動し、ラインの長さを加減してカイトに仰角を持たせる。これによってカイトは揚力モードになる。凧のように揚力を発生する状態だ。

ゆかりとマツリはハイビジョン映像を見守った。

時間が来た。

「……ほい？　始まらないね」

「どうしたんだろ」

ゆかりはトークボタンを押した。

「ソロモン基地、こちらマンゴスティン。カイトに変化なし。どうなってる、茜？」

『いま調べてます。ウインチが動いてないとか——はっきりしたことがわかったら連絡します』

「マンゴスティン了解」

ゆかりは隣の相棒を見た。

マツリはディスプレイを見つめたまま、眉をひそめていた。

「大丈夫だよ、すぐ直るって」

「ほい」

だが、続く二十分あまりの作業でも状況は変わらなかった。

電気信号は確かにキャプチャーに届いており、ウインチのモーターも回っている。だが、モーターの負荷が想定よりずっと小さい。空回りしているような感じだという。

「ゆかり、あっちにランデヴーしよう」

マツリが言った。

ゆかりはすでに覚悟を決めていた。テザーを巻き上げることはできないが、相手は自分たちのすぐ下の軌道にいる。この位置からのランデヴーは難しくない。

「そうだね。こっちは何もしないって話だったけど、やれるだけやってみたいもんね」

ゆかりは地上に連絡した。

「こちらマンゴスティン。あのね、ＩＦＭを提案したいんだけど」

ＩＦＭ――インフライト・メンテナンスとは、飛行中に行う修理作業のこと。

『了解。きっとそう言ってくると思って、もう提案してあるの。いま木下さんたちが相談してるから、少し待って』

　さすが茜だ。十五分後、茜は伝えてきた。

『マンゴスティン、キャプチャーのＩＦＭはＧＯです。でも……その、修理はせず、観察とランデヴーの訓練を目標にするように、とのことです』

「どういうこと？」

『向井さんが、修理は難しいだろうって言ってます。ギャボックスの中で電磁クラッチがスリップしてるらしくて、簡単には直せないだろうって。それに、わずかとはいえ空気抵抗を受けてる物体と長時間のランデヴーはできない、十五分が限度だって』

　ゆかりとマツリは顔を見合わせた。

「いいよ、それでも」

『私からもお願い。無理しないって約束して』

「うん――まあ、やるだけやったら戻るから」

『了解。じゃ、これからランデヴーのプログラムを送ります』

　届いたプログラムを点検し、シーケンサーを実行に移す。

　いつもの軌道遷移とは手順が異なる。

　現在《はちどり》側は潮汐力でテザーにぶらさがった状態なので、テザーを切り離すと潮汐力のぶんだけ降下してしまう。それを補うため、いったん《はちどり》を引き上げる操船を行う。

次いでオービター側と《はちどり》側の両方でテザーを切り離す。テザーは軌道に残ることになるが、それもせいぜい数日のことだ。下端側の空気抵抗がかなり大きいので、すぐに全体が減速して大気圏に落下し、灰になるだろう。

ＯＭＳエンジンを噴射し、マンゴスティンはトランスファー軌道に乗った。小刻みな修整を加えながら、軌道を半周したところで目標が見えてきた。

ネットに包まれた《はちどり》を先頭に、キャプチャー、カイトが一直線に並んでいる。軌道高度は百七十キロだが、わずかな空気抵抗に引きずられる形でこのように並んだらしい。

『忘れないで。ランデヴーは持続しないと木下さんが言ってます』

茜が伝えてきた。

『《はちどり》のほうはゆっくりだけど減速し続けているから。キャプチャーに取り付いたらすぐに命綱でオービターと結ぶこと。そして十五分経ったら必ずオービターに戻ること』

「了解」

すでにフェイスプレートを閉じ、船内のエアを放出している。

「ほい、ハッチを開けるよ」

「そうして」

マツリがハーネスを解き、腰をうかせてハッチを開いた。

目の前——ほんの十メートルほど先に、《はちどり》が浮かんでいた。かすみ網のような捕獲ネットは目立たず、航行中の姿そのままのようだった。八年あまりにわたって宇宙塵と荷電粒子に叩かれてきたはずだが、見た目には新品同様だった。ただ、サーマルブランケットの一部が破れてめくれあがり、周囲が変色している。ヒドラジン燃料漏洩の痕だろうか。

マツリは身を起こしたまま、じっと《はちどり》を見つめていた。

「ゆかり、少し時間、いいか」

「時間はあんまり——なに？」

「精霊を呼んでみるよ。このままにしていて」

「わかった」

マツリは両腕を《はちどり》にさしのべた。

唇が動く。なにか歌っているようだが声は届かない。インカムを切っていた。

でも、この歌は聴いたことがある、とゆかりは思った。いつか、月夜の海岸で。

マツリの唇が止まり、手がインカムのスイッチに伸びた。

「だめだよゆかり。こちらの船には乗ってくれないよ」

「そっか」

小刻みにスラスターを噴射して、船をキャプチャーの真横に付ける。

ゆかりはマツリに係船用のロープを手渡した。

「先に行って、これ結んで」

「ほい」

マツリは軽く船殻《せんこく》を蹴って船外に泳ぎ出し、猫のような身のこなしでキャプチャーに取り付いた。そのフレームに手際よくロープを結びつける。

同じロープがマンゴスティン側にもしっかり結ばれていることを確認して、ゆかりも船を離れた。

キャプチャーの全長は一・九メートル。軽金属のフレームに囲まれた細長い物体だ。

進行方向に向かってネットを投射する装置と小型のハイビジョン・カメラがあり、《はちどり》を包んだネットの根元が結ばれている。後方にはカイトの固定具とウインチを収めたケースがあった。その向こうに小さなロケットエンジンがのぞいている。

本体中央には姿勢制御用のホイールや電源、通信装置を納めた箱。

ウインチからは凧糸ほどの太さのラインが四本出て、分岐を繰り返しながら後方三十メートルに浮かぶカイトにつながっていた。ぴんと張っているのは一本だけで、残りの三本はたるんでいる。

マツリはウインチに屈み込み、ラインをつまんで手応えを調べていた。

「ウインチは仕事をしてないようだね」

「そう？」

マツリが地上に報告すると、向井が直接応答してきた。

『じゃあマツリちゃん、右から二番目、「2」って書いた穴から出てるラインを強く引っ張ってみて』

「ほい、二番だね……五十センチくらい出て止まったよ」

『摩擦はあった？』

「なかったよ。するする出てきて、こちっと止まったね」

『了解。思った通りだ。電磁クラッチが開きっぱなしだ』

「ほい、どうすれば直る？」

『申し訳ない。残念だけど、そこでは直せないよ。分解する工具がないし、やるにしても時間がかかりすぎる』

ゆかりが割り込んだ。

「ありがとう向井さん。それじゃ船に戻って帰還準備にかかります」

『ごめんね。何度も点検したんだけど、最後の最後でこんなことになっちゃって』

「いいよ。しょうがないよね」

通信を終え、ゆかりはマツリに同じことを言った。

「しょうがないよ。マツリ。帰ろ」

マツリはウインチの上に屈み込み、まだ二番ラインをいじっていた。

ゆかりはいたたまれない思いだった。しかし未練を断ち切るなら早いほうがいい。

「あのさ、マツリ。残念だけど――」

「ほい、これを見て」

「え？」

マツリは三番ラインを左手に巻きながらたぐっていた。

「ち、ちょっと！」

「見て、カイトに仰角がついたよ」

これまで先端をまっすぐこちらに向けていたカイトが、一方の面をこちらに向け、斜め下方――地球に向かって逸れ始めている。

「それ、まずいって、引きずり降ろされるじゃん！」

「大丈夫だよ。ゆかりはこれを持っていて」

三番ラインを手渡される。マツリはキャプチャーのフレームに馬乗りになり、一番ラインを右手、四番ラインを左手で握った。まるで御者のようだ。

「こうやって操縦するね。人がウインチの代わりをすればいいよ」

「ちょっと、これはカヌーじゃないんだから、そんな簡単に……え？」

マツリが右手のラインを引くと、カイトが回転し、高い位置に移動しはじめた。

「ほれ、うまくいくよ」

「……たしかに」

カイトは地球の反対側に移動し、こちらに下面を見せる形で浮かんだ。それに引かれて、キャプチャーもわずかに持ち上げられるのがわかった。

しかしカイトは何もしないでいるとすぐ左右に傾き始める。

安定のいい凧なら、一本のラインを地面に結んでおけば何もする必要はない。だがいまは無重量状態だ。上下の情報がないのだから、上下方向には安定の生じようがない。

ゆかりはマツリの恐るべき構想を理解した。

マツリはこうやってカイトを操縦しながら、大気圏に再突入するつもりなのだ。

「無理よ！　無理無理無理！　これって極超音速だよ？　耐熱タイルとかないんだよ⁉」

「大丈夫だよゆかり、宇宙服いっちょでもいけると向井さん言ってたね」

「だめ。絶対だめ。船長的にだめ！」

「ゆかり、これは魔法使いとしてどうしてもやらなくてはならない」

「いまは宇宙飛行士でしょ！　アルバイト禁止！　これは船長命令だっ！」

「仕方がないね」

　マツリは上半身をひねり、まっすぐにこちらを見た。

　ゆかりは目をそらさなかった。

「約束したよね。マツリ」

「……」

　マツリの目から妖気が消えた。

「でもゆかり、マツリはどうしてもやらねばならないよ」

「部族の掟なんて破っちゃえばいいよ。あたしが親父に話つけるからさ」

「タリホ族に掟なんかないよ」

　マツリは言った。

「ウィズダムに従うだけ。この仕事をするのはマツリのためでない。世界のためね」

「わかんないよ、そんなの。全然わかんない！」

　ゆかりが泣き声になる一方、マツリの声は平静なままだった。

「ゆかりはマンゴスティンで帰るがいいね。マツリはこれに乗ってゆくよ」

「だめ」

「ゆかり、聞き分けるがいいね」

「絶対だめ」

　ゆかりは断固として言った。

「マツリ一人残していくなんてできない。私もいっしょに行く！」

「ほい？」

「両手ふさがってるのに何かあったら困るでしょ。五百キロまで降ろせるって向井さん言ってたから、二人乗ったって平気だし。マンゴスティンはリモートで降ろしてもらうし」

マツリは顔を輝かせた。

「ほい、そのだめはうれしいだめだね！」

「よし、船からサバイバルキットとか移そう。どこに落ちるかわかんないから」

「そうだね。でもなるべくレミソ島の近くに行きたいよ」

知らないうちにマンゴスティンは前方に移動し、繋留《けいりゅう》ロープがぴんと張りつめていた。船体が《はちどり》を包んだネットに触れている。

「や、しまったな。マツリ、カイトを元の姿勢に戻して。ブレーキが効きすぎてるよ」

「ほい」

ゆかりはロープをつたってマンゴスティンに取り付いた。ネットに触れた部分を調べたが、異常は認められなかった。

後からマツリがやってきた。二人でキャビンに戻り、荷物をまとめる。

救命ボート、サバイバルキット、繋留や命綱に使うロープ類――正確にはテープスリングと呼ばれる平たいもの。

それからカイトの手順書を開き、この高度からの降下プロファイルを調べた。

「えーと、仰角三十度で始めるとして……結構幅があるなあ」

カイトの仰角のちょっとした変化や、高層大気圏の状態によって、減速の度合いが異なり、ひいては着水地点も動いてしまう。

「ま、ベストエフォートってことで勘弁ね」

ゆかりは逆ポーランド電卓で補完計算をして飛行計画をまとめた。

「時計用意して。次のゼロ秒から開始」

「ほい」

秒針がゼロになったところでクロノグラフをスタートさせる。

「三十三分後に降下態勢に入るよ」

「ほい」

ソロモン基地に連絡するのは、キャプチャーに移ってからにしよう、とゆかりは思った。一悶着あるに決まってる。無人で降ろす物体にいきなり人間が乗るなんて、自分でも無茶だって思うし。

必要な荷物をすべてキャプチャーに運ぶと、ゆかりはマンゴスティンに戻って操縦系統を手動からリモートに切り替えた。ハッチを閉じ、繋留ロープを解く。

「さよなら、マンゴスティン。自分で帰れるよね」

船はゆっくりと前方に流れていった。

ACT・12

ソロモン基地、管制室。

『……というわけだから、マンゴスティンはリモートで再突入させて。無理言ってごめんね、茜。みんなに説得よろしく』

「そんな、無茶言わないで！　だいいち私が説得されてないし！」

茜はそう返したが、返事はなかった。

おそるおそる周囲を見回す。

管制室内にいた者は一様に固まっていた。

次に動いたのは三原素子。ぼさぼさ頭を掻きながら、

「スキンタイトスーツで再突入……度胸あるじゃん？」

とつぶやく。

それから向井が我に返って、「そんな無茶なあ！」と叫んだ。

木下が自分のマイクで話しかけた。

「ゆかり君、極超音速下のカイトの挙動は完全には予測できないんだ。そのためのテストじゃないか」

『でもさっきちょっとマツリがやったらいけそうな感じだったし』

「大気密度が変わったらどうなるかわからんぞ」

『ものは試し、やってみるって』

「もし途中でカイトが壊れたりラインが切れたら火だるまになるんだぞ！」

『そんなのオービターに乗ってたって同じじゃん』

「オービターとそれじゃ実績が違うんだ。わからない君じゃあるまい」

「ゆかりちゃん、聞いてくれ！」

向井が割り込んだ。

「カイトを支えるラインには冗長系がないんだ。一本でも切れたらおしまいなんだよ！人命を託せるようには作ってないんだ！」

『心配してくれてありがと、向井さん、木下さん。心配っていうか、失敗したらすごい迷惑だもんね。基地に帰ったらたっぷり叱ってね。でもこれはやらなきゃいけないから。通信終わり』

「待て、聞き分けるんだ！……くそっ！」

木下は小さく毒づいて沈黙した。

直後、JAXA相模原キャンパスとの間を結んでいた双方向会議システムから通話が入った。

『提案があるんだ』

相模原からライブで交信を見守っていた本橋教授だった。

『《はちどり》を投棄しよう。マンゴスティンを遠隔操作してOMS噴射で捕獲ネットを焼き切ってくれ。それぐらいやらなきゃあの子はあきらめないだろう』

「ええっ！」

茜が驚きの声をあげる横で、木下が応じた。

「しかし、リモートでは正確な位置決めができません」

『低ビットレートなら音声回線でも船外カメラの映像を降ろせるだろう』

「その手がありましたか。しかし、噴射の後でマンゴスティンを元の位置に戻せるでしょうか」

『動径方向に噴射させればいいだろう。軌道一周後にもとの位置に戻るさ』

木下は舌を巻いたようだった。あの三日間のうちに、本橋教授はマンゴスティンのシステムまで徹底的に調べ上げていたのだ。

「ところで教授、『それぐらいやらなきゃ』とは？　なにか御存知なんですか？」

『それは話すと長いんだ。とにかくゆかり君にとっては《はちどり》を降ろすことが命から二番目くらいに大事らしい』

「命から二番目？　もう少しヒントをいただけませんか」

『友達のためだそうだよ。僕にはよく理解できなかった。《はちどり》を降ろさないと、友達とずっとお別れになってしまうそうだ』

「そんなことがあったとは……」

那須田が後を継いだ。

「本橋先生、もう少し詳しく教えていただけますか」

『ゆかり君の友達の信仰上の理由だそうだ。本人にとっては切実らしい。しかし僕の印象じゃ、ここで命を賭けるようなことには思えなかった』

「友達の信仰か……」

那須田は首をひねった。

「およその事情はつかめました。とにかく、ご提案の方法でやってみましょう。木下君、プログラムを頼む」

そうだろうか。

なにか違う、と茜は思った。

「あの――」

考えをまとめながら、茜は起立する。

「それじゃだめだと思うんです」

「なにがだね」

と、那須田。

「ゆかりは、それじゃ説得できません。ゆかりは友達のためならなんでもやります。ネットが焼き切られたら、命綱なしで宇宙遊泳してでも、ゆかりは《はちどり》を連れ戻そうとします」

「それは無理だ。ジェットガンの推力じゃ――」

「無理でもやっちゃうんです。ゆかりと、それにマツリなら。これまでもそうだったじゃないですか。電子装置《アビオニクス》を捨てて、単座機に二人乗りして帰ってきたりするんですよ？　私とオルフェウス探査機救出に行ったときだって、山勘でスキップ弾道に入れたり」

「そりゃあそうだが……」

那須田は腕組みをしたまま押し黙った。

「プログラムができました」

木下が言った。それまで通奏低音のように響いていたキータイプの音が止《や》むと、管制室は急に静まり返ったようだった。スクリーンにシミュレーション画像が現れる。動きは完璧だった。

「確かに、実際に《はちどり》を切り離したら、ゆかり君たちが何をするかわかりません。

しかし脅かすだけでもやってみては。ＯＭＳ噴射の直前まで実行して説得すれば、あるいは」

木下の言葉に、那須田は顔を上げた。

「そうだな。やれるだけのことはやってみよう」

木下がコンソールの透明カバーを開いて、コマンド送出ボタンを押した。

「さつき君」

那須田が医学主任に言った。

「胃の薬ないか」

「ありますよ」

白衣のポケットから、一挙動でカプセル剤を取り出す。

「僕にもくれないか」

木下が来て言った。そして宇宙飛行士たちの気心に通じたさつきの意見を求めた。

「さつき君はどう思う？　ゆかりは言うことを聞くかな」

女医の見解は端的なものだった。

「茜ちゃんが正しい」

ゆかりとマツリは、キャプチャーにロープで荷物をくりつけていた。なりふりかまわず結びとめたところは、サンチャゴの街路にいる物売りの荷車のようだった。

あれから十五分。地上は何も言ってこない。もっとわあわあ言ってくると思ったのに。

ゆかりは目前の仕事に集中しようとした。

「もやい結びって今は流行《はや》らないんだってね。わっかを両側から引っ張るとほどけやすいんだってさ」

「ほい、そうだね。タリホ族は昔からエイトノットだよ」

「そうなんだ。じゃあこれ知ってる？　トラック結び。ねえ？」

マツリは答えず、ゆかりの肩越しに軌道前方を見ていた。

「ほい、マンゴスティンが動いてるよ」

「そりゃあ、こっちが減速してるぶん、あっちは前に——え？」

ゆかりが振り返ると、二十メートルほど先に浮かんでいたマンゴスティンが、いつのまにか側面をこちらに向け、ゆっくりとピッチ運動に入っていた。そのすぐ下——地球方向——には《はちどり》を包んだネットが、引き伸ばしたストッキングのように横たわっている。

ネットに触れたのか？　そう思った時、船首の姿勢制御用スラスターがパッと閃いた。

「リモート操船してる？　でもなんであんな――」

マンゴスティンは船尾をネットに向けて静止した。

船尾中央にある耐熱シールドの蓋が開き、ＯＭＳエンジンのノズルが繰り出されてきた。

『ゆかり君、聞いているか。マンゴスティンを見たまえ』

木下の声だった。

「見てる。何をする気？」

『これからＯＭＳを噴射してネットを切断する。この距離なら危険はないと思うが、一応気をつけていてくれ』

「なに、それでやめさせようっての⁉」

『その通り。これは本橋教授の提案だ』

「教授が……？」

なにかがゆかりの胸を刺した。

教授はこちらの気持ちを知っている。そして教授こそは《はちどり》を誰よりも救いたいはずだ。にもかかわらず、こんな強気の提案をしてくるとは。

思いとどまったほうがいいのだろうか。

ゆかりはオフラインでマツリに問いかけた。

「どうしよう。どうしたらいい？」

「これは勝負だよ、ゆかり」

「え？」

「戦《いくさ》で敵のカヌーに並ばれたらアンカーを打つね」

「なに？　わかんない」

マツリはウインチの上に後ろ向きにまたがるなり、ラインの一本をたぐりはじめた。

それはカイトの後尾中央に結ばれたものだった。カイトの仰角はたちまち三十度近くになり、高い位置に持ち上がった。

はっきりと、キャプチャーが引かれるのがわかった。それまでただ風になびく形だったカイトは、仰角を持ったことで揚力と抗力を激増させたのだった。

狼狽《ろうばい》した木下の声がヘルメットに響いた。

『おい、何をしている！』

「ええと、マツリがなんか勝負するって、カイト煽《あお》ってて――」

我ながら意味不明だ。こちらの減速と上昇は続き、マンゴスティンとの距離がどんどん離れてゆく。すでに《はちどり》の横を通り過ぎたので、ＯＭＳによる脅しは無効になった。

「ほい、この船はいい脚してるね！　燃料なしでよく走るよ」

マツリが上機嫌で言う。

「い、いいのかな？」

かなり減速しているのに、見たところマンゴスティンより高い位置にいる。

普通なら、減速したぶん遠心力が弱まって高度を下げるはずなのだが、揚力がそれを支えている。もはやマンゴスティンがこちらにランデヴーすることはできない。やるとしたら揚力と抗力に相当するだけの噴射を続けなければならないが、そんな燃料はないはずだ。

ともかく、カイトは使いこなせている。ゆかりは少し自信を取り戻した。

「ごめん、木下さん。もうマンゴスティンじゃついてこれないよね。無理に追わないで、そっちで降ろしてあげて。こっちは大丈夫だから。やりかけたことやっちゃうから」

応答があるまでにしばしの間があった。

『不本意だが君の言う通りだ。もうこちらには手出しできない。成功を祈る』

「ありがとう、木下さん。それから茜と本橋教授も。もう交信圏外かな。勝手だけど、降りたら回収よろしく」

『わかっ……揚抗比……るだけ高く……』

音声が復調できなくなり、搬送波も途絶えた。これまでは宇宙服についた無線機の微弱な電波をマンゴスティンで中継していた。これからはサポートなしでやるしかない。

ゆかりはふいに、泣きたい気分になった。

言うことをきかない、悪い子だ。みんなあんなに心配してくれてるのに。

それからゆかりは、カイトをあやつるマツリの背中を見た。

この子が、あんな迷信さえ持ってなければ。

でも――茜や本橋教授を説得しようとするうちにつかんだことを、ゆかりは辿り直した

――これが、マツリや、あの馬鹿親父の選んだ生き方なんだ。やめさせられるものじゃない。

地球を見下ろす。揚力があるとはいえ、かなり高度が下がってきているのがわかる。もう高度百五十キロくらいだろうか。

眼下を流れてゆくのは、白雲をちりばめたマレー半島と大スンダ列島。マラッカ海峡に集まった船の航跡が見える。海面に平行した影を落としている飛行機雲も見える。その先端には、飛行機とそれをあやつるパイロットがいるはずだ。

航跡の先にはタンカーと航海士たちが。

陸地の濃い緑の中にはゴムの木のプランテーションで働く人たちが。

街路には屋台で粥《かゆ》や揚げバナナを売る中国人たちが。

いろんな人が、いろんなことを考えて生きている。

そんなことを思うのは、いつもよりずっと低い高度から眺めているせいだろうか。通常なら軌道離脱をすませて余剰燃料を投棄している頃で、地球をゆっくり眺めることはでき

ない。

　大きなニューギニア島が視界に入ってきた。このままソロモン諸島までいけるだろうか。

「ゆかり、だいぶラインが重くなってきたよ」

「ほーら、いわんこっちゃない。片方持つよ」

「それよりプライヤーを出して」

「了解」

　ゆかりはマツリの腰についたツールキットのポーチを開いて、ベルクロで固定されていた工具を剝がした。プライヤーといれかえに、マツリが両手であやつっていたラインの一方を預かる。

「うわ、けっこう張ってるな」

　通学鞄を凧糸一本で吊しているような感じだ。滑らないように手のひらに巻き付けたが、時間とともに締め付けてくる。

　マツリは空いた左手で右手のラインをプライヤーに巻き付け、それに持ち替えた。ゆかりはマツリの背後にタンデムでまたがり、左のラインを自分のプライヤーに巻き付けて握った。

「ほい、これで持ちやすくなったよ」

「うん。そろそろ減速のピークだね。高度百五十キロから百三十キロだって、向井さん言ってたから」

「ゆかり、最後に木下さんが言っていたのはなんのこと?」

「あれか。えーとつまり、『揚抗比をできるだけ高く保て』かな? ……って言われてもなあ」

「ほい、カイトをなるべく高く揚げればいいね」

「ああ、そういえばそうだ」

揚抗比とは揚力と抗力の比だ。凧糸の地面に対する角度が大きいほど揚抗比が高いことになる。

それはカイトの仰角で決まるのだろう。それ以外に調節するところがないし。

「ほい、ではマツリが仰角を調節するよ。ゆかりは左右のラインを持っていて」

「わかった」

マツリはキャプチャーのフレームに巻き付けてあったテールラインをほどき、長さを加減しはじめた。

ノーズラインはウインチから繰り出したままの状態になっていた。

それをゆかりは目にとめていたが、そこに潜む危険には考えが及ばなかった。ある機構が故障したら、同じ機構を持つ別の場所も故障しうることを。

弧をおびた地球の縁から宇宙空間に踏み出したところで、カイトはマツリの操作に応じて上下した。

いま、速度はどれくらいだろう？　マッハ二十から十五の間くらいか？　こちらは《はちどり》のショックコーンの内側にいるはずだが、体に弱い風圧を感じる。風上側にはほのかな熱も感じた。

「ほい、ここがいちばん高いね」

マツリはその状態を保ちながら余ったラインをキャプチャーのフレームに巻き付けた。ラインは地表に対しておよそ四十五度で立ち上がっていた。

そのカイトが突然がくりと機首を持ち上げた。もんどり打つように裏返しになり、フレームの間にある膜面が不規則に振動している。ラインが暴力的な勢いで引かれ、ゆかりはあやうく手放すところだった。大急ぎで近くのフレームにラインを結びつける。しかしカイトのランダムな動きは、キャプチャーを木の葉のようにゆさぶった。ゆかりは両手両脚を使ってキャプチャーのフレームにしがみついた。

「なに、何が起きたの!?」

「ノーズラインが急に伸びて、そのまますっぽ抜けていったよ」

なんてことだ。たぶんノーズラインはウインチの中で何周か巻き取られた状態でひっかかっていたのだろう。それが一気に空転して繰り出され、伸びきったショックで根元から抜けたのだ。

カイトは不規則な振動をやめ、そのかわり時計回りに回転しはじめた。ノーズラインは遠心力で外側に振り出されている。残った三本のラインは一本に撚《よ》りあわせられ、さらにキャプチャーも追従して回転し始めた。ゆかりの視点からは地球と宇宙がいっしょになってローリングしている。

「や、やばい、まず回転を止めないと！」

ゆかりは左右のラインをたぐって回転を止めようとしたが、ラインは束ねられた摩擦でびくともしなかった。

「マツリが取ってくるよ」

「え？　取るって、ノーズラインを？」

「ほい」

言うが早いか、マツリは命綱をカラビナから外し、ラインをよじ登り始めた。

「ちょっと、あぶないよ、マツリ！」

「タリホ族はこういうの得意だよ」

マツリは猿のような身軽さでラインを登ってゆく。たちまちその姿は小さくなり、カイトの根元に達した。

カイトのまわりには細かく枝分かれしたラインがある。マツリはそれをつたってノーズ側に移動した。ノーズラインをたぐりよせ、束ねて近くのラインに巻き付ける。

　それから、カイトの上を移動し始めた。

「マツリ、何してるの」

「撚りを戻すんだよ。逆回転させるね」

　マツリはまず右舷側に移動し、効果が逆だとわかると反対側に移った。カイトはたわんで変形していたが、重心が変わったせいで空力が変化し、それまでと逆向きに回転し始めた。

「すごい……マツリ、いいよ、その調子！」

　撚りが戻ると、マツリはノーズラインの端をカラビナに結びつけ、めざましい速度でラインをつたい降りてきた。ゆかりは命綱を持ってマツリを出迎えた。

「女ターザン、グッジョブ！」

「ほい、タリホ族には道を歩くのと変わらないね」

　ノーズラインをキャプチャーのフレームに結びつけ、改めて仰角を調節する。カイトはもとの位置に浮かび、安定した。

　まもなくゆかりは、操縦操作が必要なくなってきていることに気づいた。いつのまにかキャプチャーは後部を上にして傾き、前方にいた《はちどり》は地球の縁よりずっと下方に移動している。

「そうか、もう重力が戻ってきてるんだ！」

地球の引力そのものは軌道上にも届いているが、速度が落ちたぶん重力が勝っている。試してみると、片手で楽にぶらさがっていられた。風圧はほとんど感じない。

見上げる空は真っ黒だが、水平方向の空は濃紺で、地球の縁のカーブもかなり平らになってきている。雲の層ははるか下方にあり、まだ旅客機よりは何倍も高いところにいるが、ここはもう、宇宙というよりは空だ。

帰ってきたのか。地球へ？

「ほい、ひいばあちゃんの島が見えるよ」

マツリが直下を指さした。ビスマルク諸島の島のひとつが流れてゆくところだった。

「ひいばあちゃんって、魔法使い？」

「そうだよ」

「それって、やっぱりその島の精霊のために？」

マツリはヘルメットの中でうなずいた。

「魔法使いはそうなること多いね」

「そうなんだ……」

「そんなに悲しいことではないよ、ゆかり。ときどき村のみんなとカヌーに乗って会いに行く」

「どこでもカヌーで行っちゃうんだ」

「タリホ族は七つの海を支配してるんだよ」

「んなばかな」

ゆかりは笑ってみせたが、なんだか泣きたい気分だった。

半時間後、キャプチャーと《はちどり》は、カイトからほぼ垂直にぶらさがる形になった。

軌道速度は完全に失われ、空力と重力によって決まる終端速度に至ったのだった。

いまや重力は歴然としており、ゆかりとマツリは垂直の梯子《はしご》につかまった格好になった。

前方にソロモン諸島が見えてきた。

「あそこまで行けるかな？」

「ほい、なんとかなりそうだね」

マツリはキャプチャーの上に立ち上がり、帆桁《ほげた》に登った水夫のように身を乗り出して腕に巻いたテールラインに体重をかけ、滑空比を調節していた。さらに両手で左右のラインも操作している。

「ゆかり、行き先はレミソ島にするよ」

「わかってる」

ブーゲンヴィル島がすぎ、マライタ島にさしかかる。その先にアクシオ島。そしてこの高度では目と鼻の先にあるレミソ島が視野に入る。

連なった積雲が真横に見えてきた。ゆかりはヘルメットの下のバルブをゆっくり開き、ついでフェイスプレートを上げた。

ひんやりした外気が頰をなでる。

「そうだ、サバイバルキットのトランシーバーなら――」

ゆかりはフレームにくくりつけたサバイバルキットの封を解いて、トランシーバーを引っぱり出した。ダイヤルを回して救難周波数をソロモン基地の連絡波に切り替える。

トークボタンを押そうとして、ゆかりは指を止めた。

マツリが精霊に会うなら、ヘリコプターがつきまとったりしないほうがいい。

とはいえ、茜たちを一刻も早く安心させてやりたい。その気持ちが勝った。

「あー、こちらマンゴスティン――じゃなくて《はちどり》の森田ゆかりです。ソロモン基地、応答ねがいます」

『ゆかり！　無事だった⁉　いまどこ？　マツリは？』

茜があらゆる交信規定を無視して応答してきた。

「二人とも無事だよ。まだ着水してないけど、地球の空気吸ってる。心配かけてごめんね。ええと、場所はよくわからないけど、たぶんソロモン諸島のどこかに接近中。とにかく安心して」

『よかっ……』

あとは声にならない。

高度はもう千メートルくらいか。右手の水平線近くにアクシオ島がかろうじて見えた。

正面の海に小さなエメラルド・グリーンの染みが浮いている。不動点——見かけ上の位置が変化しない地点——にぴったり合っているのは、マツリがそこに狙いを定めているからだろう。

「あれがレミソ島？」

「ほい」

マツリは真剣な顔で、ラインをたえず操っていた。高度が低くなるとともに気流が複雑になり、操縦が難しくなるらしい。

「手伝おうか」

「大丈夫だよゆかり。うまくやるよ」

海鳥の群が前を横切った。進路は島の北側に逸れている。これは救命ボートの出番だな、とゆかりは覚悟したが、直前でカイトは大きく右ターンして風に乗り、島の中央に向かった。このあたりの海洋民族は波を見ただけで風向風速を割り出すというから、マツリもそうしたのだろう。

ブッシュが最も濃くなったところでマツリはカイトをもう一度ターンさせ、風と正対させた。樹冠に落ちた《はちどり》の影が直下点に近づいてくる。接触寸前、マツリはテールラインを思い切りたぐり寄せた。カイトの前進が止まった。《はちどり》はいったん前に振り出されてから、少し後退するようにして大きなフタバガキの樹冠に舞い降りた。

完璧な軟着陸だった。続いて自分たちのつかまっているキャプチャー部分が三十メートルほど離れた別の木の上に降りた。《はちどり》の重量を地球に渡した後なので、さらにソフトな着地になる。密生する葉の〝海面〟はゆかりの胸のあたりまで来て止まった。

それから、オレンジ色のカイトがひらひらと近くに舞い落ちてきた。

「ナイスランディング、マツリ！」

マツリは答えず、近くの樹冠にめりこんだ《はちどり》をじっと見ていた。

それからぱっと顔を輝かせてこちらを向き、ささやくように言った。

「うまくいった。精霊は島に降りたよ、ゆかり」

「そうなんだ」

とにかく、マツリの中の物語はそのように進んだのだ。誰にでも大切に護らなくてはならない物語がある。それは当人にとって、まぎれもない事実だ。

「よかったね、マツリ」

「ほい！」

そう答えると命綱をキャプチャーのフレームから外し、ゆかりに手渡した。

ゆかりは自分の命綱を束ねて腰につけ、マツリの命綱をベルトのカラビナに通した。

樹冠の下は薄暗く、地上まで三十メートルもの高さがあったが、ゆかりは不安をおぼえなかった。相棒はこういう場所を渡る達人だ。腐りかけた枝を避け、若い着生植物の幹を選んで体重をゆだねてゆく。

マツリが先導し、交互に命綱を確保しながら、二人は地上に降り立った。

少し歩くと、白砂の敷き詰められた波打ち際に出た。

「ゆかりはここにいて。すぐ戻るよ」

マツリはそう言って、ヘルメットを地面に置き、また木立の中に入っていった。

マツリの言う「すぐ」はあてにならないが、このときは二十分ほどで戻ってきた。

「ゆかり。レミソの精霊はいい結婚をしたよ」

「そう。よかったね」

「ほい」

マツリは二歩ばかり進み、ゆかりの目の前に来た。

「ん？」

「ゆかりのおかげだよ」

術を使うときとはまた別の、しかし蠱惑的《こわくてき》なまなざしに見据えられる。

ゆかりは抱きしめられ、唇にキスを受けた。

生身に近い格好で大気圏突入をした後となれば、無理もない気がするが——ゆかりは自分がどれほどこの感触に飢えていたかを自覚した。スキンタイト宇宙服の生地ごしに押しつけられたマツリの体は、ただ温かで心地よく、逆らう気が起きなかった。

抱擁は、近づいてくるヘリコプターの音で我に返るまで続いたのだった。

あとがき

ロケットガール・シリーズの四巻目になる本書は、アニメ放映と同じ時期に刊行された。ドラゴンマガジンに掲載された短篇三篇と書き下ろし中篇一篇からなっている。

・ムーンフェイスをぶっとばせ！　（一九九九年　ドラゴンマガジン九月号掲載）

宇宙ステーションにやってきた芸能人が頭部鬱血でまんまる顔になってしまったので、遠心力で血液を下半身に戻そうとする話。ここで述べた方法で実際に効果があるかどうかはわからない。

ムーンフェイスは宇宙飛行士にとってさほど重大な問題ではないから、対策も確立していないようだ。あるとすれば下半身陰圧装置ぐらいだろうか。しかし芸能人が宇宙に出る時代になったら、何か考えないといけないだろう。

終わりにでてくる「軌道からの落下」シーンについては、主に映画のせいで誤解が蔓延している。船外活動中に命綱が切れたら取り返しがつかず、永遠に宇宙を漂流する――と信じている人は今でも少なくない。アーサー・C・クラークは短篇「木星第五衛星」でいちはやくこの誤解に立ち向かっている。正確には、鉛直方向への落下は一周後に再会し、接線方向への落下は徐々に離れていくなど、方向による違いがある。いずれにせよ、ごくわずかな運動エネルギーで回収できるから心配にはおよばない。

・クリスマス・ミッション（一九九七年　ドラゴンマガジン二月号掲載）
掲載誌のクリスマス特集のために書いた短い話。サンタクロースのコスチュームを着た三人娘の挿絵がたいへんかわいらしかったのを憶えている。

さすがに慈善活動で飛ばせるほどロケットは安価ではないので、カプセル式宇宙機の陸上着陸のテストを兼ねている。パラフォイル（パラグライダーに使われている翼）を使えば操縦性が向上し、接地の瞬間の逆噴射も不要になるだろう。同じ方式のものがNASAのX‐38計画で実験されている。

・対決！　聖戦士VS女子高生（二〇〇二年　ドラゴンマガジン四月号増刊掲載）
911テロがあった後なのでテロリストと戦う話を書いてみたのだが、どちらかといえば国際宇宙ステーションの自活という設定がポイントだと思っている。宇宙ステーションはその名の通り「駅」なのだから、科学実験よりも、宇宙機の発着や組み立て・整備に活用すべきではないだろうか。

　人工衛星は打ち上げのストレスに耐えるため頑丈にできており、身の毛のよだつような振動試験に合格しなければならない。ユニットの状態で運んで宇宙ステーションで組み立て、低推力・高比推力の軌道間タグボートでそっと送り出してやれば、そんな強度は必要なくなる。質量は何分の一かに減らせるだろう。放射線や日照についてもその場でテストできるから、大丈夫なことを確かめてから発進させられる。ただし、現在の国際宇宙ステーションは軌道傾斜角が中途半端で、人工衛星が多く投入される極軌道からも赤道軌道からも外れているのが難点ではある。惑星探査機ならいけると思うのだが、どうだろうか？

・魔法使いとランデヴー（書き下ろし）
二〇〇六年秋から翌年にかけて書いた中篇で、小惑星探査機はやぶさのトラブルと、タリホ族の精霊信仰をからめたものだ。

当時ははやぶさのリチウムイオン・バッテリーに充電する危険な作業を実施していたところで、状況は予断を許さなかった。この話では充電ができなかったことになっているが、事実はさらに奇なりで、宇宙研のはやぶさチームはこれに成功し、さらにイオンエンジンの修復までやってのけた。

二〇一一年、私はニコニコ動画の取材チームに加わり、オーストラリア、ウーメラの砂漠の中で、はやぶさの帰還を待った。そして夜空に散らばる雲が、突如として深紅の閃光に染まるのを目の当たりにしたのだった。

あの色はリチウムの炎色反応では、と直感したのだが、何か月か経って分光観測の結果からそれが確かめられた。もちろん、そのリチウムはリチウムイオン・バッテリーが熱破壊して放出されたものだ。

本書にある《はちどり》の回収方法はかなり曲芸的で、誰も試す気にはならないと思う。しかし物理的には可能なはずだ。

全長二百キロのテザー末端は、それが軽量なものなら、空対空ミサイル程度のロケットで秒速四キロまで加速できる。《はちどり》を捕獲するとその運動量を受け取り、いったん楕円軌道に入るが、近地点で弱い大気制動をかけて「アポジ下げ」を繰り返せば穏やかに円軌道に戻せるし、テザーの回転も止められる。

高高度での大気制動についてはJAXAの歌島昌由氏、野田篤司氏の研究を参考にした。

「地球に帰ってくる宇宙船はなぜ真っ赤に焼け焦げながら降りてこなければならないのだろう？　もっとおだやかにできないのか？」と思った人は少なくないだろう。

大気が希薄なうちに大きな揚力体を展開して滑空しつつブレーキをかければ、熱防御なしで宇宙機を帰還させられる。だが実際に作ろうとすると、揚力体がかなり大きく重くなってしまい、打ち上げコストに見合わないのだろう。本書では化学主任の開発した超軽量の新素材でこれを解決している。

本シリーズは物理的に可能な冒険にこだわって構想されているが、新素材についてはかなり飛躍がある。だが、本シリーズの経緯と現実の歴史をつきあわせてみると、先に触れたとおり、現実のほうが勝った例も少なくない。今後、宇宙飛行がますます身近になっていくことは確かだろう。

二〇一四年四月

野尻抱介

本書は二〇〇七年八月に富士見ファンタジア文庫より刊行された作品を、再文庫化したものです。

野尻抱介作品

太陽の簒《さん》奪《だつ》者《しゃ》

太陽をとりまくリングは人類滅亡の予兆か？
星雲賞を受賞した新世紀ハードSFの金字塔

沈黙のフライバイ

名作『太陽の簒奪者』の原点ともいえる表題
作ほか、野尻宇宙SFの真髄五篇を収録する

南極点のピアピア動画

「ニコニコ動画」と「初音ミク」と宇宙開発
の清く正しい未来を描く星雲賞受賞の傑作。

ふわふわの泉

高校の化学部部長・浅倉泉が発見した物質が
世界を変える――星雲賞受賞作、ついに復刊

ヴェイスの盲点

ロイド、マージ、メイ――宇宙の運び屋ミリ
ガン運送の活躍を描く、〈クレギオン〉開幕

ハヤカワ文庫

野尻抱介作品

フェイダーリンクの鯨

太陽化計画が進行するガス惑星。ロイドらはそのリング上で定住者のコロニーに遭遇する

アンクスの海賊

無数の彗星が飛び交うアンクス星系を訪れたミリガン運送の三人に、宇宙海賊の罠が迫る

タリファの子守歌

ミリガン運送が向かった辺境の惑星タリファには、マージの追憶を揺らす人物がいた……

アフナスの貴石

ロイドが失踪した！　途方に暮れるマージとメイに残された手がかりは〝生きた宝石〟？

ベクフットの虜

危険な業務が続くメイを両親が訪ねてくる!?しかも次の目的地は戒厳令下の惑星だった!!

小川一水作品

第六大陸1
二〇二五年、御鳥羽総建が受注したのは、工期十年、予算千五百億での月基地建設だった

第六大陸2
国際条約の障壁、衛星軌道上の大事故により危機に瀕した計画の命運は……。二部作完結

復活の地Ⅰ
惑星帝国レンカを襲った巨大災害。絶望の中帝都復興を目指す青年官僚と王女だったが…

復活の地Ⅱ
復興院総裁セイオと摂政スミルの前に、植民地の叛乱と列強諸国の干渉がたちふさがる。

復活の地Ⅲ
迫りくる二次災害と国家転覆の大難に、セイオとスミルが下した決断とは？　全三巻完結

小川一水作品

老ヴォールの惑星

SFマガジン読者賞受賞の表題作、星雲賞受賞の「漂った男」など、全四篇収録の作品集

時砂の王

時間線を遡行し人類の殲滅を狙う謎の存在。撤退戦の末、男は三世紀の倭国に辿りつく。

フリーランチの時代

あっけなさすぎるファーストコンタクトから宇宙開発時代ニートの日常まで、全五篇収録

天涯の砦

大事故により真空を漂流するステーション。気密区画の生存者を待つ苛酷な運命とは？

青い星まで飛んでいけ

閉塞感を抱く少年少女の冒険から、人類の希望を受け継ぐ宇宙船の旅路まで、全六篇収録

星界の紋章／森岡浩之

星界の紋章Ⅰ—帝国の王女—

銀河を支配する種族アーヴの侵略がジントの運命を変えた。新世代スペースオペラ開幕！

星界の紋章Ⅱ—ささやかな戦い—

ジントはアーヴ帝国の王女ラフィールと出会う。それは少年と王女の冒険の始まりだった

星界の紋章Ⅲ—異郷への帰還—

不時着した惑星から王女を連れて脱出を図るジント。痛快スペースオペラ、堂々の完結！

星界の断章Ⅰ

ラフィール誕生にまつわる秘話、スポール幼少時の伝説など、星界の逸話12篇を収録。

星界の断章Ⅱ

本篇では語られざるアーヴの歴史の暗部に迫る、書き下ろし「墨守」を含む全12篇収録。

星界の戦旗／森岡浩之

星界の戦旗I――絆のかたち――

アーヴ帝国と〈人類統合体〉の激突は、宇宙規模の戦闘へ！『星界の紋章』の続篇開幕。

星界の戦旗II――守るべきもの――

人類統合体を制圧せよ！ラフィールはジントとともに、惑星ロブナスIIに向かったが。

星界の戦旗III――家族の食卓――

王女ラフィールと共に、生まれ故郷の惑星マーティンへ向かったジントの驚くべき冒険！

星界の戦旗IV――軋《きし》む時空――

軍へ復帰したラフィールとジント。ふたりが乗り組む襲撃艦が目指す、次なる戦場とは？

星界の戦旗V――宿命の調べ――

戦闘は激化の一途をたどり、ラフィールたちに、過酷な運命を突きつける。第一部完結！

ハヤカワ文庫

虐殺器官

伊藤計劃

9・11以降、〝テロとの戦い〟は転機を迎えていた。先進諸国は徹底的な管理体制に移行しテロを一掃したが、後進諸国では内戦や大規模虐殺が急激に増加した。米軍大尉クラヴィス・シェパードは、混乱の陰に常に存在が囁かれる謎の男、ジョン・ポールを追ってチェコへと向かう……彼の目的とはいったい？大量殺戮を引き起こす〝虐殺の器官〟とは？ゼロ年代最高のフィクション、ついに文庫化

ハヤカワ文庫

著者略歴　1961年三重県生，作家
著書『太陽の簒奪者』『沈黙のフライバイ』『ヴェイスの盲点』『ふわふわの泉』『南極点のピアピア動画』（以上早川書房刊）『ピニェルの振り子』他多数

HM=Hayakawa Mystery
SF=Science Fiction
JA=Japanese Author
NV=Novel
NF=Nonfiction
FT=Fantasy

ロケットガール4
魔《ま》法《ほう》使《つか》いとランデヴー

〈JA1157〉

二〇一四年五月十日　印刷
二〇一四年五月十五日　発行

（定価はカバーに表示してあります）

著者　野《の》尻《じり》抱《ほう》介《すけ》
発行者　早川浩
印刷者　西村文孝
発行所　株式会社早川書房

郵便番号　一〇一 - 〇〇四六
東京都千代田区神田多町二ノ二
電話　〇三 - 三二五二 - 三一一一（大代表）
振替　〇〇一六〇 - 三 - 四七七九九
http://www.hayakawa-online.co.jp

乱丁・落丁本は小社制作部宛お送り下さい。
送料小社負担にてお取りかえいたします。

印刷・精文堂印刷株式会社　製本・株式会社フォーネット社

ISBN978-4-15-031157-5 C0193

本書は活字が大きく読みやすい〈トールサイズ〉です。